KB078181

박선우 장편소설

FUSION FANTASTIC STORY

멋진 *Wonderful*
Life
인생

멋진 인생 2

박선우 장편소설

초판 1쇄 찍은 날 § 2016년 4월 15일
초판 1쇄 펴낸 날 § 2016년 4월 22일

지은이 § 박선우
펴낸이 § 서경석

편집책임 § 이창진

펴낸곳 § 도서출판 청어람
등록번호 § 제387-1999-000006호
등록일자 § 1999. 5. 31
어람번호 § 제1-2406호

주소 § 경기도 부천시 원미구 부일로 483번길 40 서경B/D 3F (우) 14640
전화 § 032-656-4452   팩스 § 032-656-4453
http://www.chungeoram.com
E-mail § chungeorambook@daum.net

ISBN 979-11-04-90760-9 04810
ISBN 979-11-04-90758-6 (세트)

박선우 장편소설
FUSION FANTASTIC STORY

멋진
인생

Wonderful Life

2

도서출판 청어람

CONTENTS

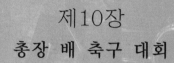

제10장
총장 배 축구 대회

"언제부터 하는데?"

"일주일 후부터 예선전이 벌어진단다."

"선수 구성은?"

"지금 학회장이 선수들을 소집하고 있어. 미리 손발을 맞춰 본 후 선수들을 선발할 생각인가 봐."

"선배들도 많은데 우리가 뛸 수 있을까?"

"걱정도 팔자다. 실력이 있는데 뭐가 문제야? 공만 잘 차면 뛰는 데 문제없어."

"너무 오랫동안 공을 안 만져봐서 잘될는지 모르겠다."

"이놈 봐라? 슬슬 빼는 게 혹시 공 좀 찼다는 거 뻥 아냐?"

"지랄."

"내일 수업 끝나고 모이란다. 아마, 과대표가 이따가 1학년 선수들을 모집할 거야."

"내일 수업 다섯 시에 끝나잖아. 그럼 난 안 돼. 일하러 가야지."

"아차, 깜박했네."

"아무래도 나는 축구 경기에 출전하지 못할 것 같다. 좋은 기회였는데 아쉽네."

"뭐가 아쉬워. 직접 시합에 뛰면 되지. 내가 공 좀 차니까 시합 때 뛸 수 있도록 선배들한테 말해놓으면 돼. MT 때 달리기하는 거 보니까 충분하고도 남아."

고홍준의 약속은 지켜지지 않았다.

경영대의 인원은 300명이 훌쩍 넘었기 때문에 공 좀 찬다는 놈들을 대충 추렸음에도 운동장이 그득했다.

더군다나 선배들은 박강호의 태도를 문제 삼았다.

경영대의 명예를 위해 나서는 자리에서 처음 소집부터 빠진 놈은 정신 상태가 글러먹었다는 것이다.

고홍준이 선배들의 말에 반박하지 못한 것은 박강호의 실력을 확인한 적이 없기 때문이었다.

눈으로 확인하기만 했다면 필사적으로 달려들었겠지만 막

상 그랬다가 박강호가 그저 그런 평범한 실력일 경우 욕만 바가지로 얻어먹을 게 분명했다.

소집에서 간단한 볼 키핑과 드리블 연습을 하며 팀워크를 맞췄지만 막상 연습 시합이 벌어지자 공 좀 찬다고 나선 사람들의 실력이 고만고만했다.

몇몇 선배가 눈에 띄는 실력을 가졌으나 축구 선수 출신인 고홍준의 눈으로 봤을 때 이런 전력으로 우승하기엔 턱없이 부족해 보였다.

그런 부족함은 이틀 후 벌어진 상경대와의 연습에서 고스란히 드러났다.

고홍준의 자리는 스트라이커였다.

옛날 중학교 때도 스트라이커를 봤고, 골 감각이 뛰어나서 기회가 오면 득점으로 연결하는 능력이 탁월했다.

하지만 스트라이커는 공이 정확하게 전진 패스되었을 때만 활약을 할 수 있는 자리였다.

스트라이커는 공이 넘어오지 않으면 가장 불필요한 자리로 변하게 되는데 그리될 경우 시합은 보나 마나 지게 되는 경우가 대부분이었다.

연습 시합에 나선 경영대의 선수들은 고홍준을 제대로 활용하지 못하고 상경대의 허리진에 압도당하며 끌려가는 게임을 했다.

2 대 0.

계속해서 끌려가던 경기는 상경대의 공격수들을 제대로 막지 못한 채 전반전에만 두 골을 내주며 형편없이 무너졌다.

이대로 질 수 없다는 각오를 다지며 고홍준은 후반전에 공격형 링커로 자리를 바꿔 중원으로 올라갔다.

그때부터 시합의 양상이 백팔십도로 바뀌었다.

계속해서 밀리던 시합은 고홍준이 허리를 맡자 언제 그랬냐는 듯 상경대를 밀어붙이기 시작했고, 결국 후반 10분 만에 골까지 만들어냈다.

선수로 직접 뛴 것과 동네 축구를 한 것과는 근본적으로 레벨이 다르다는 것을 고홍준은 실력으로 직접 보여줬다.

한 골을 따라잡자 스탠드에서 구경하던 경영학과 쪽에서 커다란 함성이 터져 나왔다.

전반전만 봤을 때는 처참하게 깨질 것이라 생각했는데 막상 후반전에 들어와 압도적으로 게임을 이끌고 골까지 터지자 그동안의 침묵을 깨며 경영대 학생들은 손을 치켜든 채 역전을 외쳤다.

특히 학회장인 고영민은 악을 써대며 소리를 고래고래 질렀는데 그의 목소리는 어느새 쉿소리로 변해 있었다.

하지만 경영대 학생들의 바람은 끝내 이루어지지 않았다.

고홍준이 압도적인 활약을 하며 좋은 기회를 여러 번 만들

어주었으나 공격수들이 삽질을 하는 바람에 번번이 찬스가
날아갔다.

2 대 1.

상경대와의 연습 경기는 고홍준의 활약에도 불구하고 결국
경영대의 패배로 끝났다.

그다음 날 벌어진 약학대와의 연습 경기에서도 경영대는
졸전을 거듭했다.

벌집 수비 대형을 갖춘 약학대의 전략에 말려들어 계속 공
격했음에도 골을 기록하지 못했다.

고홍준이 링커로 올라가서 공격을 주도했지만 경영대의 공
격진은 약학대의 벌집 수비를 뚫지 못했고, 공격에 집중하다
후반전에 오히려 역습을 당해 골을 허용했다.

최종 스코어 1 대 0.

연습 경기에서 경영대는 모두 패하고 말았다.

그것도 약체 팀에게 패했다는 것이 그들을 허무하게 만들
었다.

상경대는 그나마 중간 정도였지만 약학대는 거의 최약체 팀
이었는데도 패배를 기록한 것은 이번 시합의 전망을 어둡게
만들기에 충분했다.

하지만 희망이 아주 없는 것은 아니었다.

그나마 형편없이 밀리던 경기가 아니라 대등, 또는 밀어붙

이는 경기였으니 본 시합에 들어가면 결과는 어떻게 나올지 모른다.

고홍준이 거품을 물고 떠드는 것은 그런 이유가 있었기 때문이다.

그는 어제 있던 경기에 대해서 친구들을 모아놓고 평을 하고 있었는데 꼭 전쟁에 나갔던 장수가 무용담을 자랑하는 것과 비슷했다.

"정말 미치겠어. 괜찮은 링커만 한 명 있으면 우리 팀도 해볼 만한데 말이야. 공격수인 내가 허리에 올라가 있으니 누가 골을 넣느냐고."

"그럼 네가 다시 최전방으로 나가. 어차피 축구는 골을 넣어야 이기는 거니까 죽이 되든 밥이 되든 일단 밀어붙여."

"인마, 그게 그렇게 간단한 게 아니라니까. 상경대 때 봤듯이 허리가 약하면 공격수는 있으나 마나야. 더군다나 경기에서 몰리게 되면 힘 한번 못 쓰고 지게 돼 있어."

"그건 홍준이 말이 맞아. 축구는 허리 싸움에서 이기는 팀이 경기를 지배하는 법이야. 경기를 지배하는 팀은 체력 소모가 덜하고 골을 넣는 확률이 크지만 당하는 팀은 정신없이 뛰어다니다가 결국 골을 먹고 지게 되지."

"강호가 뭘 좀 아는군."

"그럼 네가 계속 허리를 맡고 성재 형한테 맡겨봐. 그 정도면 꽤 잘 차는 거 아니야?"

"그 정도 가지고는 안 돼. 내가 몇 번이나 찔러줘도 매번 헛발질하는 거 봤잖아."

최현승의 말에 고홍준이 머리를 마구 흔들었다.

그의 말대로 3학년인 왕성재는 결정적인 기회를 여러 번 놓쳐 경기의 흐름을 끊어놓은 장본인이다.

더군다나 겉멋만 들어서 단독 드리블을 좋아했기 때문에 팀에는 별로 도움이 되지 않는 선배였다.

박강호가 불쑥 나선 것은 고홍준이 해결책이 없다는 듯 한숨을 깊게 내리쉴 때였다.

"괜찮은 공격형 링커가 필요하단 말이군."

"그런 놈 한 명만 있으면 내가 장담하건대 결승까지는 무조건 간다."

"우리 홍준이가 이렇게 고민하는 거 보니까 안 되겠다. 내가 한번 뛰어줄 테니까 기다려."

"까불지 마. 나 심란하다."

"내 포지션이 공격형 링커였다. 낮에 벌어지는 시합엔 나갈 수 있으니까 내가 나중에 한번 뛰어주지."

총장 배 축구 시합은 네 개 조로 구분해서 벌어졌는데 경영대는 인문대, 사범대, 예술대와 함께 B조에 편성되었다.

열네 개 팀을 네 개 조로 나누었으니 세 팀씩 편성된 조도 있었으나 그 팀에는 막강한 전력을 자랑하는 공대와 체육대가 시드를 받았기 때문에 팀 수는 적지만 죽음의 조나 다름없었다.

각 조의 1위가 만나 준결승을 치르고 축제 최종일에 우승을 가리는 일정이었기 때문에 빽빽한 시합을 치러야 하는 강행군이었다.

경영대는 이틀 전 벌어진 첫 시합에서 비교적 약체인 예술대를 2 대 0으로 꺾고 오늘 두 번째 시합을 벌이기 위해 운동장에서 몸을 푸는 중이다.

예선전의 연속된 패배를 잊어버리고 첫 시합을 원사이드하게 이겼기 때문에 경영대의 사기는 하늘을 찔렀다.

하지만 두 번째 상대인 사범대가 의외의 전력을 자랑하며 인문대를 3 대 0으로 격파했기 때문에 시합을 준비하는 경영대 선수들은 팽팽한 긴장 속에 사로잡혔다.

인문대와의 시합에서 사범대는 세 명의 에이스가 적의 수비를 농락했는데 그 실력이 굉장했다.

예선전은 학업에 방해받지 않기 위해서 방과 후에 치르는 것이 원칙이었지만 운동장이 하나밖에 없기 때문에 어쩔 수 없이 점심시간을 이용하는 경우가 있었는데 오늘 경영대와 사범대의 경기가 그런 경우였다.

스탠드에는 이미 양 팀의 응원단이 빼곡하게 자리 잡은 채 시합을 기다리는 중이고, 학과에서 마련한 각종 응원 도구에서 흘러나오는 소리가 스탠드를 가득 덮어 긴장감은 최고조에 달했다.

경영대에서도 많은 학생들이 응원을 하기 위해 나왔지만 사범대 측은 훨씬 더 많은 인원이 스탠드를 가득 채우고 있었다.

더군다나 사범대에는 여학생들이 과반수를 차지했기 때문에 날카로운 응원 소리가 하늘을 찌를 지경이었다.

"오늘 이기면 조 1위로 올라갈 수 있을 거야. 그런데 저놈들, 만만치 않아."

스탠드 가장 앞쪽에 앉은 최현승이 박강호를 바라보며 사범대 진영에서 공을 주고받는 몇몇 놈을 지목했다.

최현승은 고홍준과 함께 사범대의 예선전을 관람했기 때문에 주요 선수들에 대해서 꿰차고 있었다.

박강호는 최현승이 지목한 사범대 선수들의 움직임을 바라보며 고개를 끄덕였다.

공을 키핑하는 그들의 모습은 매우 부드러웠고 힘들이지 않고 공을 차는 것이 여유가 있어 보였다.

박강호는 운동장까지 왔으나 유니폼으로 갈아입지 못했다.

고홍준이 선배들에게 박강호를 소개하면서 뛸 수 있게 해 달라고 말했지만 주장인 손용민은 일거에 그의 제안을 거절했다.

실력도 검증되지 않은 상태에서 지금까지 발을 맞춘 선수들을 뺄 수 없다는 게 그의 주장이었다.

물론 그 이면에는 다른 이유가 있었다.

박강호를 바라보는 손용민의 시선은 호의적이지 않았는데, 신입생 주제에 제멋대로 행동한 박강호를 탐탁지 않게 생각하는 것이 분명했다.

"시작하는 모양이다."

양쪽 선수들이 모이는 것을 보며 최현승이 침을 꿀꺽 삼켰다.

그는 친구인 고홍준이 연습 시합 때부터 날아다니는 모습을 보며 열광했는데 대리만족을 느끼는 모양이다.

시간이 흐르고 양쪽 선수들이 하프라인에서 스탠드를 향해 정렬한 후 인사를 했다.

선수들의 인사에 맞춰 스탠드를 가득 채운 양쪽의 응원단이 우레와 같은 함성을 질렀다.

이 경기에서 이긴 팀이 조 1위가 되어 준결승에 직행할 가능성이 크기 때문에 양측의 응원단은 목이 터져라 파이팅을 외쳐댔다.

고홍준의 자리는 공격형 미드필더였다.

그가 최전방을 포기하고 뒤로 내려온 것은 연습 게임 때부터였는데 허리를 장악해서 게임을 유리하게 이끌기 위함이었다.

예술대와의 경기에서도 미드필더를 맡아 완벽하게 경기를 장악했기 때문에 주장인 손용민은 그의 활약을 철석같이 믿고 있었다.

삐익!

심판의 호각 소리와 함께 경기가 시작되었다.

치고받는 난타전.

시합이 시작되고 얼마간은 팽팽한 균형 속에서 게임이 진행되었다.

중앙에서 경기를 지배하는 고홍준의 활약은 상대 팀의 에이스들을 차단하며 수시로 전방을 향해 위협적인 전진 패스를 시도했다.

하지만 두 번의 결정적인 찬스가 무위로 그치고 10분 정도 게임이 진행되자 경기는 점점 경영대가 몰리기 시작했다.

사범대의 에이스들이 고홍준이 포진한 중앙을 생략하고 좌우 측으로 길게 패스하면서 벌어진 현상이었다.

고홍준으로서도 어쩔 수 없는 상황.

적의 수비진은 경영대의 공격진이 허술하다는 점을 간파하고 오프사이드 전략을 구사하며 밀고 올라왔기 때문에 게임은 시간이 지날수록 불리하게 진행되었다.

결국 골을 먹은 것은 전반전을 5분 남겨두고서였다.

경영대 공격진을 완벽하게 막아내던 사범대의 중앙 수비수가 왼쪽 윙에게 롱패스하자 거의 20m를 치고 나간 윙어가 또 다른 에이스인 공격수에게 자로 잰 듯 먹이를 갖다 준 것이다.

사범대의 11번 공격수는 가볍게 골을 성공시킨 후 두 손을 번쩍 든 채 미친 듯 질주해서 자신들의 응원단 쪽으로 향했다.

히어로.

골은 넣은 11번 공격수는 응원단 앞에서 갖가지 쇼맨십을 하면서 즐거워했는데 그 모습이 마치 개선장군처럼 보였다.

여학생이 반이나 차지한 사범대 응원단은 그에게 열렬히 환호를 보내며 서로를 부둥켜안은 채 승리의 브이를 그려댔다.

하지만 더 큰 문제는 첫 골이 터진 후 발생했다.

마음이 급해진 탓일까.

만회를 하기 위해 서두르던 경영대는 어이없는 실수를 하며 한 골을 더 내주고 말았다.

하프라인까지 올라와 패스할 곳을 찾던 최종 수비수가 방금 골을 넣은 사범대의 11번에게 공을 뺏겨 단독 찬스를 준 것이다.

골키퍼와 마주한 11번 공격수는 아주 여유 있게 골을 넣은 후 또다시 응원단 쪽으로 달려가 여학생들에게 하트를 날려댔다.

놈은 이번 기회에 평소 마음에 둔 여학생에게 무한한 매력을 어필하려고 작정한 모양이었다.

전반전이 끝나고 쉬는 시간이 되자 그동안 가만히 앉아 게임을 보던 박강호가 자리에서 일어나 스탠드를 내려갔다.

선수들이 둥그렇게 앉아 휴식을 취하는 곳에는 학회장을 비롯해서 주장인 손용민이 작전 지시를 내리느라 거품을 물고 있었다.

하지만 특별한 묘책이 있을 수 없었다.

근본적으로 전력이 떨어지는 상태에서 두 골이나 먹었기 때문에 그저 최선을 다하자는 말만 반복하는 것이 그들이 할 수 있는 전부였다.

박강호가 나선 것은 휴식 시간이 얼마 남지 않을 때였다.

"선배님, 제가 뛰겠습니다."

"꺼져, 인마! 이제 와서 뭘 하겠다는 거야?"

"저를 탐탁지 않게 생각하는 거 압니다. 하지만 등록금을 마련하기 위해 일을 하다 보니 그렇게 된 것뿐입니다. 저도 경영대 학생입니다. 경영대를 위해 뛸 수 있게 해주십시오."

재수 없다는 듯 손을 흔들던 손용민이 뚫어져라 박강호를 노려봤다.

박강호의 진심이 느껴졌기 때문이다.

불쑥 나서서 경기에 뛰겠다는 박강호의 말에는 조금의 망설임도 없었다.

신입생 주제에 저만 생각하는 후배라고 생각했는데 게임에 나서지 못한 이유까지 말하며 부탁하자 새삼 박강호가 다르게 보였다.

하지만 더 중요한 것은 박강호의 진심 여부를 떠나 이 경기를 이기고 싶다는 간절한 마음이 판단을 바꾸게 만들었다.

공을 차는 것에 자신이 없다면 이런 상황에서 직접 나서지 못할 테니 은근한 기대감도 생겼다.

그랬기에 그는 한참을 노려보다 박강호를 향해 유니폼을 던졌다.

"좋다, 한번 해봐. 하지만 여기서 우리가 저놈들을 이기지 못한다면 졸업할 때까지 널 갈굴 거다. 어떤 이유가 되었든 너는 너만을 위해 행동한 거니까 반드시 책임을 물을 거야. 알겠어?"

몸을 완벽하게 풀지 못했지만 전력 질주를 몇 번 하자 땀이 슬그머니 배어 나왔다.

축구.

어릴 때부터 그가 가장 좋아했고 누구보다도 잘하는 운동이다.

그가 나선 경기에서 져본 기억이 없다.

수없이 많은 경기를 했지만 그가 공격형 미드필더를 맡은 경기는 거의 전부 이겼다.

호흡을 길게 뱉어내며 그라운드에 나서기 직전 작전 지시판을 든 손용민이 박강호를 불렀다.

"어디로 뛰고 싶냐?"

"홍준이가 있던 자리를 제가 맡겠습니다."

"그건 안 돼!"

"그 자리가 제 자립니다. 홍준이를 최전방으로 보내십시오. 우리가 지고 있는 상황이니까 그게 최선의 방법입니다."

"선배님, 강호 말대로 하시죠. 어차피 모험을 해야 합니다. 강호가 제대로 활약만 해준다면 이 경기, 해볼 만합니다."

고홍준의 말에 손용민이 이를 지그시 깨물었다.

두 놈이 한꺼번에 같은 말을 하자 안 된다는 소리가 목구멍까지 치솟았지만 결국 삼키고 말았다.

대충 해서는 진다.

그렇다면 어떤 식으로든 끝장을 보는 것이 맞는다는 판단이 불쑥 들었다.

그랬기에 그는 목구멍에서 울려나오는 목소리를 뱉어냈다.

"씨발, 좋다! 니들 맘대로 해봐! 하지만 각오해! 대충 하면 죽어!"

후반전이 시작되었다.

후반전은 경영대의 선축으로 시작되었는데 최전방으로 나선 고홍준은 뒤쪽에 받치고 있는 박강호에게 공을 패스한 후 전방으로 치고 나갔다.

시간이 없으니 어떡하든 빠른 시간 내에 만회 골을 터뜨려야 된다는 생각이 머릿속에 가득 차 있었기 때문이다.

사범대는 전반과 같은 전략으로 맞섰다.

경영대의 허술한 공격진을 압박하기 위해 오프사이드 전술을 쓰면서 밀고 올라온 것이다.

하지만 그것은 수비수 한둘 정도는 우습게 제치는 고홍준이 공격수로 올라갔다는 것을 간과하고 박강호의 킥력을 몰랐기 때문에 사용한 전략이었다.

박강호는 공을 넘겨받자 잠시 드리블로 시간을 끈 후 고홍준이 중앙 왼쪽으로 파고드는 지점을 향해 정확하게 패스를 날렸다.

고홍준의 순간 스피드는 발군이었다.

전력으로 움직이면서 슬쩍 뒤를 돌아본 그는 공이 자신이 움직이는 쪽으로 정확하게 날아오자 왼발 인사이드로 볼을 키핑한 후 골대로 치고 들어가 그대로 강력한 오른발 슛을 날렸다.

쫘악!

정확하게 임팩트된 공이 골문을 가르고 지나간 후 네트를 뒤흔들었다.

골키퍼가 꼼짝하지 못할 정도로 강력한 슛이었다.

후반전이 시작된 후 얼마 지나지 않아 득점이 터지자 경영대 응원단에선 난리가 났다.

계속해서 밀리는 게임을 했기 때문에 거의 포기하다시피 한 경영대 응원단은 전부 일어나 환호성을 터뜨렸는데 그 소리가 마치 천둥이 치는 것처럼 컸다.

특히 최현승은 가만히 있지 못하고 좌우로 뛰어다니며 만세를 불렀다.

가장 친한 친구 두 놈이 합작해서 득점을 만들어내자 그는 온몸으로 기쁨을 나타내며 발광을 해댔다.

그러나 게임이 다시 시작되자 응원단의 함성은 잦아들기 시작했다.

만회 골을 터뜨렸으나 아직 지고 있는 상태였기 때문에 그들은 주먹을 움켜쥐고 긴장의 끈을 놓지 못했다.

박강호의 본격적인 활약이 시작된 것은 그때부터였다.

사범대는 한 골을 먹자 수비 진형을 공고히 하면서 전반처럼 중앙을 생략하고 좌우 윙어를 활용하는 전략을 펼쳤지만 박강호는 고홍준과는 움직임이 확실히 달랐다.

고홍준은 미드필더를 처음 봤기 때문에 좌우 사이드를 활용하는 적의 움직임에 대처가 어려웠지만 축구를 하는 내내 미드필더에서 수많은 경험을 해본 박강호는 공이 움직이는 쪽으로 커버링을 들어가 윙어의 움직임을 근본적으로 차단했다.

박강호는 마치 지치지 않는 전차처럼 움직였다.

후반전에 투입되었기 때문에 체력이 비축된 상태이기도 했지만 근본적으로 파워와 스피드가 뛰어나 사범대의 미드필더들은 그의 상대가 되지 못했다.

동점 골은 후반전 5분을 남기고 터졌다.

시간이 얼마 남지 않자 경영대는 전 선수가 공격에 가담해서 밀어붙였지만 박강호로 인해 중원이 점령당한 사범대가 철저하게 수비 전술을 펼쳐 지루한 경기가 계속되고 있을 때였다.

아무리 공격해도 사범대는 무조건 공을 바깥으로 내찬 후 골 에어리어를 지키며 버텼다.

공격수까지 모두 수비에 가담해서 인의 장막을 펼쳤기 때문에 마땅히 패스할 공간조차 없을 정도로 골문은 사범대의 수비수들로 득실댔다.

이대로는 안 된다는 생각에 박강호가 더 이상 참지 못하고 롱슛을 때린 게 골키퍼 펀칭으로 튀어나왔다.

그러자 양쪽 선수들이 벌떼처럼 달려들었다.

한쪽은 골을 넣기 위해, 한쪽은 육탄으로 방어하기 위해 움직였는데 그 와중에 골이 터졌다.

멋진 골은 아니었다.

수비수가 걷어낸 공이 문전 쪽으로 흐르는 것을 마침 그 자리에 있던 손용민이 몸으로 밀어 넣은 것이다.

2 대 2.

미친 듯한 열광.

불과 5분을 남기고 동점 골이 터지자 경영대의 응원단은 거의 미친 사람들이 된 것 같았다.

박강호는 동점 골이 터지자 작전을 바꿔 적극적으로 공격을 시작한 사범대의 선수들과 온몸으로 부딪쳤다.

이제 골을 먹으면 이 경기를 진다는 생각에 그는 몸싸움을 결코 마다하지 않았다.

시간은 계속 흘렀고, 심판이 시계를 쳐다보는 것이 보였다.

예선전은 승부차기가 없기 때문에 이대로 계속 진행된다면 무승부로 경기가 끝날 가능성이 컸다.

그때 마지막 기회가 왔다.

사범대의 수비수가 미드필더에게 패스한 공이 키핑이 잘못되면서 흐르는 것을 박강호가 낚아챈 것이다.

심판이 경기를 끝내기 위해 호루라기를 꺼내 들 때였다.

슬쩍 골키퍼를 바라본 박강호가 달려드는 수비수를 한 명 제치고 강력한 롱킥을 날렸다.

거의 30m에 달하는 거리에서 터진 슛이었다.

사범대의 골키퍼는 선수들을 독려하느라 골문에서 5m 정도 전진해 있었는데 까맣게 날아오는 공을 확인하고 급히 물러섰으나 이미 공은 뒤쪽으로 넘어간 상태였다.

"어, 어, 어!"

그의 입에서 저절로 신음 소리가 흘러나왔다.

프로 선수도 아니고 이 거리에서 슛을 쏠 줄은 꿈에도 생각하지 못했는데 거짓말처럼 공이 날아오자 그는 벙어리 냉가슴 앓는 듯한 신음 소리를 뱉어냈다.

잠시 동안의 침묵.

생각조차 하지 못한 골이 터지자 사범대 응원단은 물론이고 심지어 경영대 쪽에서조차 잠깐 동안 아무도 움직이지 못했다.

그런 후 미친 듯한 함성이 터져 나왔다.

기적과 같은 결승골이 터진 걸 뒤늦게 지각한 경영대 쪽 스탠드는 그야말로 난장판으로 변했다.

서로 얼싸안고 기쁨을 표현하는 그들은 정말 미친 거나 다름없었다.

그것은 그라운드도 마찬가지였다.

고홍준을 필두로 전 선수가 박강호를 덮치며 깔아뭉갰다.

그들은 한 몸이 되어 그라운드에서 뒹굴었는데 기쁨으로 인해 얼굴이 모두 붉게 상기되어 있었다.

"와아, 이 미친놈아! 너 정말 대단하다! 왕년에 지코하고 좀 논 거지?"

"왜 이래? 좀 떨어져. 갑갑해 죽겠다."

최현승이 달라붙어 주접을 떨자 박강호가 질색하며 밀어냈다.

그러자 이번에는 고홍준이 달라붙었다.

"아이고, 우리 강호, 예뻐 죽겠다! 뭐 먹고 싶냐? 내가 너 먹고 싶은 거 다 산다!"

"조금 이따가 일하러 가야 해. 낼 점심을 산다면 먹어주지."

"흐흐, 귀여운 놈. 알았다. 내일 점심 내가 거나하게 산다."

경기가 끝나자 박강호와 고홍준은 경영대의 영웅이 되어 있었다.

신입생 둘의 활약으로 거의 준결승 직행이 확정되자 학회장은 물론이고 거의 모든 선배가 그들을 보석 다루듯 했다.

박강호의 투입은 신의 한 수나 다름없는 것이었다.

특히 손용민은 자신의 결정으로 인해 게임에서 이기게 되자 입을 벌린 채 좋아서 어쩔 줄 몰라 했는데 마치 푼수처럼 보일 지경이다.

연신 웃음을 흘리던 최현승이 갑자기 뭔가 생각난 듯 급하게 입을 연 것은 박강호가 달라붙어 있는 고홍준을 밀어낼 때였다.

"야, 그런데 다음 경기는 그렇다 쳐도 준결승은 방과 후에 벌어지잖아. 그럼 강호 못 뛰는 거 아냐?"

"뭔 소리야? 무조건 뛰어야지."

고홍준이 펄쩍 뛰었다.

그는 말도 안 된다는 반응을 보였는데 박강호의 사정을 알면서도 강하게 부정했다.

하지만 최현승의 말이 나왔을 때부터 박강호의 표정은 슬쩍 어두워져 있었다.

"저번 MT 때도 이틀을 빠졌잖아. 그때 나 때문에 다른 사람들이 고생 많이 했대. 더 빠지기는 어려워."

"네 이야기 선배들한테 했더니 아르바이트 비용 마련해 준단다. 그래도 안 돼?"

"돈 때문이 아니야. 너도 잘 알면서 왜 그래."

"아우, 씨발! 미치겠네!"

무슨 뜻인지 안다.

그랬기 때문인지 고홍준과 최현승의 얼굴이 동시에 어두워졌다.

여기서 박강호가 빠지게 되면 준결승에서는 보나 마나 질게 뻔했다.

각 조에서 1위로 올라온 팀들의 전력은 예선전과 비교하지 못할 정도로 강하기 때문이었다.

그때 최현승이 나섰다.

"시합을 점심시간으로 옮기면 되잖아."

"그게 쉽겠어?"

"아직 시간이 있으니까 가능해. 학회장한테 얘기해서 준결승에 오른 팀과 협상하도록 하자고. 걔들은 강호가 저녁에 시합이 벌어지면 뛰지 못한다는 것을 모르니까 응할지도 몰라. 너도 봤겠지만 방과 후에 시합이 벌어지는 것보다 점심시간에 하면 훨씬 많은 응원단이 오잖아. 그걸 핑계 삼아서 협상해 보는 거지. 그리고 저녁에 경영대 전체가 참여하는 세미나가 있다고 우기는 거야. 그러면 통하지 않을까?"

박강호가 빠진 상태에서 예선전 마지막 경기를 치른 경영대는 인문대를 1 대 0으로 이기고 3전 전승으로 준결승에 진출했다.

어느 정도 예상한 결과였음에도 흥분은 가라앉지 않았다.

경영대가 준결승에 진출한 것은 무려 9년 만에 얻은 성과였기 때문이다.

학회장은 그때부터 바쁘게 움직였다.

그는 제비뽑기에서 강자들로 손꼽히는 공대와 체대를 밀어내고 의대를 뽑은 순간부터 최현승이 직접 말하지 않았음에도 직접 의대 학회장을 만나 시합 시간을 변경하자는 주장을 펼쳤다.

의대는 머리가 팽팽 돌아가는 놈들의 집합체였지만 의대 학회장은 의외로 순순히 그의 주장을 받아들였다.

공대나 체대라면 몰라도 박강호의 출전 비밀을 모르는 의대로서는 어쩌면 당연한 일인지도 몰랐다.

다른 대학과는 다르게 의대는 방과 후가 가장 바빴다.

예선전에서도 실습과 참관 등으로 선수들이 불참하는 바람에 곤욕을 겪었기 때문에 오히려 의대 쪽에서는 경영대 학회장의 제안이 고마울 정도였다.

저마다의 사정.

두 팀의 사정이 맞물리면서 준결승은 이틀 후인 수요일 점심시간에 벌어지는 것으로 결정이 났다.

"야, 컨디션 어때?"

"좋아."

"그냥 좋으면 안 되지. 날아갈 듯 좋아야지."

유니폼을 갈아입는 박강호를 향해 최현승이 따라다니면서 계속해서 딴지를 걸었다.

그는 박강호가 경영대의 운명을 책임질 사람이라고 연신 떠들어댔는데 고홍준이 자신이 에이스라며 아무리 우겨도 소용이 없었다.

고홍준까지 세 명은 빈 강의실에서 옷을 갈아입는 중이다.

옷과 가방을 지키는 파수꾼 역할을 위해 강의실에 들어온 최현승은 박강호와 고홍준의 탄탄한 근육을 보면서 연신 감탄사를 터뜨리며 부러워하는 표정을 숨기지 못했다.

박강호의 축구화는 새것으로 바뀌어 있었다.

이전 시합에서 남의 축구화를 빌려 신었다는 걸 기억한 학회장이 어제 선물로 준 것이다.

단 한 번의 시합으로 그는 박강호를 경영대의 보배로 여겼는데 필요한 게 있으면 그 어떤 것도 마련해 줄 태세였다.

옷을 갈아입고 운동장으로 가는 동안 여기저기에서 경영대 선배들이 손을 흔들어주었다.

그들 중 상당수가 박강호와 고홍준의 활약을 지켜봤기 때문에 알은체를 하며 꼭 이겨달라는 부탁을 해왔다.

운동장에 도착하자 이미 학회장을 비롯하여 주장인 손용민이 뭔가를 열심히 숙의하는 것이 보였다.

아마 나름대로 작전 회의를 하는 모양이다.

시합 시간 한 시간 전.

신입생인 두 사람은 선배들보다 일찍 나와야 된다는 생각으로 훨씬 빨리 올라왔지만 벌써 운동장에는 몇몇 선배가 패스 연습을 하고 있었다.

손용민은 운동장으로 들어서는 두 사람을 쳐다보며 연습하고 있는 선수들 쪽으로 손가락을 가리켰다.

먼저 몸을 풀고 있으라는 사인이다.

박강호는 고홍준과 짝이 되어 공을 만지기 전 스트레칭부터 했다.

충분히 몸을 풀어주지 않으면 시합 때 부상당할 염려가 있기 때문이다.

그런 후 가볍게 왕복 달리기를 마치고 패스 연습을 시작했다.

공은 점점 그의 일부처럼 달라붙었다.

이전 시합을 했을 때 처음에는 공이 발에서 자꾸 떨어져 몇 번의 실수를 했지만 시간이 흐를수록 예전과 같이 공은 그의 일부처럼 움직여 주었다.

30여 분의 시간이 흐르자 선수들이 모두 모였고, 스탠드에는 관중들로 들어차기 시작했다.

삼삼오오 모여드는 의대와 경영대 응원단의 손에는 각종 응원 기구가 들려 있었는데 아마 소속 대학의 집행부에서 마련해 준 것 같았다.

주장인 손용민이 선수들을 모두 불러들인 건 시합을 진행하기 위해 심판진이 운동장에 도착한 직후였다.

그의 손에는 의대와 경영대 선수들이 배치된 작전판이 들려 있었다.

"지금부터 내 말 잘 들어주기 바란다. 나는 우리 팀 주장으로서 수업까지 빠지며 예선전 전 경기를 봤기 때문에 의대에 대해서 분석한 자료가 있다. 보다시피 의대의 핵심은 여기 미드필더를 맡고 있는 7번과 9번, 그리고 스트라이커를 맡고 있는 13번이다. 놈들의 경기는 매번 똑같았다. 7번과 9번으로 허리를 장악하고 13번이 결정하는 패턴이었다. 박강호!"

"예, 선배님."

"우리가 의대를 이기기 위해서는 너의 활약이 절대적이다. 네가 두 놈의 미드필더를 꺾어버리면 이 경기는 무조건 우리가 이긴다. 어때, 할 수 있겠어?"

"걱정하지 마십시오!"

"좋아, 의대를 꺾고 결승전에 가는 거다. 수비는 13번을 찰거머리처럼 달라붙어 막아. 절대 골을 먹으면 안 된단 말이다. 고홍준!"

"예, 선배님."

"세 골만 넣어라. 그러면 네가 죽을 때까지 내가 술 사준다."

"감사합니다. 무조건 넣겠습니다."

"자, 나가자! 죽도록 한번 뛰어보는 거다!"

최현승은 침을 꼴깍 삼키며 옆에 앉아 있는 윤선아를 바라보았다.

그녀는 축구를 좋아하지 않았기 때문에 한 번도 운동장에 나온 적이 없었는데 박강호가 이번 시합에 출전한다는 소리를 듣고는 주저 없이 운동장으로 올라왔다.

운동장에서는 심판이 양 팀 선수들을 중앙으로 불러 모으는 중이었기 때문에 경기는 금방 시작될 것 같았다.

"강호 어때?"

"뭐가?"

"축구 잘해?"

"잘하다뿐이냐. 경영대 특급 에이스다. 저번 시합에서도 강호가 결승골을 뽑아냈어. 말 안 해?"

"응, 자기 자랑 같은 건 잘 못하는 성격이잖아."

"하긴, 그렇긴 하지. 어쨌든 이번 시합은 강호하고 홍준이한테 달렸어. 나는 동네 축구에서 저렇게 잘하는 놈들 처음 봤다."

"정말인 모양이네."

"선아야, 이제 시작한다."

최현승이 옆에 있는 물통을 들어 올리며 대화를 끊었다.

축구 시합을 보면서 계속 소리를 질러댔기 때문에 이번에는 아예 물통까지 준비해서 왔다.

자신이 속한 경영대만 응원했다면 매번 이렇게 목이 쉬는 일은 없었을 것이다.

박강호와 고흥준.

거의 1년 가까이 붙어 다닌 두 놈이 한꺼번에 축구로 자신을 이렇게 미치게 만들고 있으니 매번 목이 쉬면서도 기쁘고 너무나 행복했다.

삐익!

박강호는 심판의 호각 소리와 함께 의대의 선축으로 경기가 시작되자 천천히 중앙을 향해 압박해 나갔다.

저번 시합 때는 몸을 풀지 않은 채 운동장에 나갔기 때문에 마치 녹슨 기계가 움직이는 것처럼 몸이 뻐근했지만 지금은 온몸에서 활기가 흘러넘쳤다.

의대의 미드필더를 맡고 있는 7번과 9번이 몇 학년이고 어떤 성격인지는 중요하지 않았다.

그의 목표는 이번 시합에서 중원을 완전하게 장악하는 것이었으니 오직 두 사람의 특성과 스킬을 파악하면 되었다.

7번은 비교적 작은 키에 단단한 체형이었고, 반대로 9번은 제법 키는 컸으나 계속해서 운동을 하지 않았는지 배가 나와 있다.

체형만 봐서는 9번보다 7번이 더 위협적이라는 뜻이다.

탐색하듯 경기를 진행하던 박강호는 자신의 판단이 맞는다는 것을 확인하고는 9번에 대한 수비를 2학년 차정우에게 맡기고 자신은 7번을 중점적으로 압박했다.

두 명이 모두 에이스라고 들었는데 막상 시합이 시작되고 5분 정도 흐르자 모든 패스가 7번으로부터 시작된다는 것을 간파했기 때문이다.

초반에 팽팽하게 진행되던 경기의 흐름이 5분이 지나면서부터 경영대 쪽으로 넘어왔다.

박강호가 의대의 7번을 아예 공조차 만지지 못하게 묶어 꼼짝하지 못하게 만들었던 것이다.

반대로 경영대가 공격할 때면 박강호는 무서운 스피드로 중원을 휘저으며 연신 고홍준을 향해 날카로운 패스를 보냈다.

의대의 에이스라는 두 명의 미드필더는 박강호를 막아내지 못했다.

의대의 7번은 순간 스피드는 뛰어났으나 체형이 작기 때문에 박강호의 피지컬을 견뎌내지 못했고, 9번은 아예 스피드에서부터 상대가 되지 않았다.

첫 골이 터진 것은 전반전을 7분 남긴 시점이었다.

박강호는 7번에게 날아온 공을 중간에서 낚아채 적진을 향해 무섭게 질주하다가 왼쪽으로 빠져나간 고홍준이 노마크인 것을 확인하고 정확하게 공을 밀어주었다.

단독 찬스.

골키퍼와 일대일로 맞선 고홍준은 골키퍼마저 쉽게 제치고 공을 밀어 넣어 득점에 성공했다.

"와아!"

거대한 함성이 경영대의 응원단 쪽에서 터졌다.

의대도 많은 응원단이 왔지만 9년 만에 준결승을 치르는 경영대는 거의 모든 학생이 운동장으로 집합했기 때문에 스탠드가 미어터질 지경이었으니 그들이 한꺼번에 내지른 함성은 거의 폭탄이 터진 것처럼 굉장했다.

전반전을 1 대 0으로 마치고 후반전으로 들어서는 박강호의 표정은 여전히 침착했다.

쉬는 시간 학회장을 비롯한 집행부는 선수들에게 물을 떠다 바치며 온갖 정성을 기울였는데 얼굴에는 기쁨으로 인해 웃음이 멈추지 않았다.

그들은 경기 내내 상대를 몰아붙이고 득점까지 만들어낸 선수들이 얼마나 고마운지 후배들에게 손수 안마까지 해줄 정도였다.

삐익!

후반전이 시작되었다.

하지만 경기의 흐름은 바뀌지 않았다.

공격의 시발점인 7번이 박강호에게 완전하게 묶인 이상 의대의 공격은 산발적으로 끝날 수밖에 없었다.

더군다나 의대 9번의 체력이 급격하게 떨어지면서 시간이 지날수록 경영대의 우세는 가속화되었다.

득점 기계라는 의대의 스트라이커 13번은 시합 내내 모습조차 보이지 못했다.

공이 패스되지 못한 상태에서 스트라이커가 할 일은 전무했기 때문이다.

후반전 중반이 지나가자 박강호의 움직임은 더욱 돋보이기 시작했다.

그를 압박해 오던 9번이 체력 저하로 떨어져 나가자 박강호는 무풍지경으로 중원을 지배했다.

경기를 확실하게 마무리 짓는 장면은 후반 21분 만에 나왔다.

전후반 30분 경기였기 때문에 경기가 끝나기 9분 전이었다.

9번에게 패스된 공을 차단한 차정우가 안쪽으로 끌고 들어오자 우측에서 7번을 견제하던 박강호가 패스를 받기 좋은 위치로 이동해 들어갔다.

하프라인에서 15m 정도 의대 진형에 위치한 곳이다.

예상대로 패스된 공이 자신 앞으로 굴러오자 박강호는 왼발로 키핑을 한 후 다가오는 수비수의 좌측으로 페인트를 건 다음 공을 툭 차며 반대쪽으로 빠르게 이동했다.

수비수가 움찔하며 멈추려 했을 때는 이미 박강호의 몸이 그를 통과해서 중앙을 향하고 있었다.

트래핑하면서 앞을 보자 고홍준이 중앙에 있다가 수비수를 달고 우측으로 빠져나가는 것이 보였다.

이미 한 명을 제친 상황이기 때문에 고홍준이 수비수를 달고 빠지자 중앙이 텅 비었다.

찬스!

우측 수비수가 급하게 달려왔고, 뒤쪽에서도 미드필더들이 거친 숨을 내뿜으며 박강호를 막기 위해 쇄도하고 있었지만 벌어진 공간을 막아내기에는 한참이나 늦었다.

임팩트 순간 박강호의 눈은 정확하게 공을 바라보고 있었다.

슛 하는 순간 눈이 떨어지면 정확한 임팩트를 할 수 없고, 공은 하늘로 올라가거나 골대 좌우로 사정없이 빠지게 된다.

츄츄축!

박강호가 찬 공은 마치 공이 살아 있는 것처럼 제멋대로 움직이며 날아갔다.

무회전.

발등으로 정확하게 임팩트된 공은 무섭게 빠른 속도로 날아가 골대의 우측 모서리에 정확하게 꽂혔는데 바람의 저항 때문인지 아니며 공이 속도를 이겨내지 못했기 때문인지 직선이 아닌 사선으로 움직이며 골문 안으로 파고들었다.

"꺄악! 꺄악! 어머, 어머, 현승아! 들어갔어! 들어갔어! 강호 만세!"

시합이 시작되고 박강호의 활약에 정신없이 게임에 몰두하고 있던 윤선아는 기어코 후반전에 박강호가 골을 성공시키자 비명을 질러댔다.

축구를 좋아하지 않는다고 해서 축구를 모르는 것은 아니었다.

대한민국 국민은 국제 대회가 벌어지면 광적인 반응을 보이는데 특히 일본전이 벌어지는 날이면 도로에 차가 하나도 없을 정도로 열광했기 때문에 윤선아도 가족들 틈에 끼어 텔레비전에서 여러 번 축구를 본 경험이 있었다.

그렇기에 그녀는 축구에 대한 룰은 전문적인 것을 빼면 거의 다 알고 있는 상태였다.

추가 골이 들어가자 이백에 달하는 경영대 응원단이 모두 일어나 환호성을 질렀지만 그녀의 비명 소리를 잠재우지 못했다.

사랑하는 사람을 향한 환호.

윤선아는 최현승을 붙들고 펄쩍펄쩍 뛰면서 연신 비명을 질러댔는데 마치 이성을 잃은 사람처럼 보였다.

대학의 축제는 그 자체로 아름다웠다.

캠퍼스는 젊은 청춘들의 웃음으로 넘쳐났고, 곳곳에서는 그들의 추억을 만들어주기 위한 이벤트들이 펼쳐졌다.

포장마차가 수도 없이 늘어섰고, 각 과에서 준비한 공연과 패션쇼, 연극 등이 연일 학생들을 불러 모았다.

교수들은 축제 기간 동안 최대한 수업을 단축해서 끝내줬기 때문에 학생들은 각종 행사를 기웃거리며 즐거운 시간을 보낼 수 있었다.

박강호와 윤선아도 그런 사람들 중의 하나였다.

일 때문에 저녁 시간을 내지 못하는 박강호는 낮 시간을 이용해 윤선아와 함께 캠퍼스를 거닐며 첫 축제가 주는 선물을 마음껏 만끽했다.

연극영화과에서 준비한 연극을 보고 대강당에서 나온 두 사람은 학교의 중간을 길게 가로지르는 중앙로를 따라 걸었다.

인산인해.

셀 수 없을 정도의 인파.

어디서 나왔는지 중앙로는 수많은 사람들로 북적여 제대로 걸음을 걷지 못할 정도였다.

윤선아가 박강호의 손을 꼭 잡고 걸어가다 문득 멈춰 선 곳은 즐거움이 가득 찬 웃음소리가 터져 나오는 교회 건물 옆이었다.

"나 저거 해보고 싶어."

윤선아의 말에 박강호가 그녀의 손가락이 가리키는 곳을 바라봤다.

그곳에는 풍선 터뜨리기가 진행되고 있었는데, 남자들은 차단막에서 얼굴만 내민 채 물이 담긴 풍선을 여자들이 던질 때마다 벌벌 떨며 기다리고 있었다.

여자들이 던진 풍선이 남자친구의 얼굴에 맞을 때마다 사방에서 구경하는 사람들의 입에서 폭소가 터져 나왔고, 풍선에 맞은 당사자는 머리가 물에 젖음에도 연신 여자 친구를 격려했다.

아마 일정 이상 맞추면 푸짐한 상품을 주는 모양이었다.

"옷이 젖어서 안 돼. 난 갈아입을 옷도 없어."

"그래도 하자. 나 정말 저거 해보고 싶었어."

"선아야, 안 하면 안 될까?"

"안 돼. 해야 돼."

윤선아는 질색하며 한발 물러서는 박강호를 이끌고 막무가내로 접수대로 향했다.

평상시에는 박강호의 처지를 이해하며 양보하고 배려하던 윤선아였으나 이번만은 자신의 뜻을 반드시 관철시키려는 의지가 넘쳐흘렀다.

그랬기에 박강호는 내키지 않는 걸음으로 그녀를 따라갈 수밖에 없었다.

차례가 돼서 돈을 내고 풍선을 든 윤선아는 차단막 안에서 얼굴만 내밀고 있는 박강호를 향해 물이 담긴 풍선을 힘껏 던졌다.

여자의 힘으로 5m 떨어진 남자친구의 얼굴을 맞힌다는 것은 쉬운 일이 아니었다.

그럼에도 윤선아는 있는 힘껏 풍선을 던져 기어코 박강호의 얼굴에 적중시키는 성과를 만들어냈다.

열 개 중에 단 두 개만 맞았기 때문에 상품은 받지 못했지만 윤선아는 물에 젖은 박강호의 머리를 닦아주며 즐거움을 숨기지 못했다.

"이제 스트레스가 좀 날아가네. 그동안 네가 얼마나 미웠는지 모르지. 정말 많이 때려주고 싶었어."

"왜?"

"몰라서 물어?"

"말해봐. 왜 미웠는지."

"주말에도 넌 일하느라 시간을 내지 못했고 저녁에는 얼굴조차 구경할 수 없었잖아. 남들이 다정하게 데이트하는 모습을 보면서 내가 그동안 얼마나 힘들었는지 넌 모를 거야."

"그랬구나."

"너와 사귄다고 생각했을 때 이런 각오는 했지만 그동안 너무 힘들었어."

"미안해."

"이제는 괜찮아. 그 미움을 담아서 널 풍선으로 두 번이나 때렸으니까 이제 한동안은 또 견뎌낼 수 있을 것 같아."

결전의 날이 다가오자 경영대는 팽팽한 긴장 속에 빠져들었다.

결승전 상대는 공대를 꺾고 올라온 체대였다.

최근 10년간 무려 다섯 번이나 우승을 차지한 강자 중의 강자.

비록 축구가 전공이 아닌 학생들로 구성되었지만 그들의 전력은 누구도 상대하지 못할 정도로 막강했다.

일단 체력에서 다른 대학과는 비교조차 되지 않았다.

평소에도 꾸준히 몸을 만들며 체력을 관리한 놈들답게 상대를 압박하는 능력이 대단했다.

그럼에도 경영대의 집행부와 주장인 손용민은 우승에 대한 희망의 끈을 놓지 않았다.

바로 박강호와 고홍준이 버티고 있기 때문이었다.

결승전에는 체대와 경영대의 학생뿐만 아니라 수많은 관중이 몰려왔기 때문에 스탠드는 만원을 이루었다.

마치 인기 있는 프로팀이 붙는 것처럼 몰려든 구름 관중은 경기가 시작되기를 기다리며 같이 온 연인이나 친구들과 과연 누가 이길지 내기를 했다.

그중에는 C대의 축구 감독 이일원과 코치인 강호익도 포함되어 있었다.

"체대가 이기겠지. 체력에서 상대가 안 되니까."

"아무래도 그렇겠죠. 경영대에는 특기생이 하나도 없잖습니까. 더군다나 공부만 하던 놈들이라 힘들 겁니다. 그나저나 여기는 왜 오신 겁니까?"

"자넨 모르겠지만 매년 결승전이 벌어지면 왔어. 명색이 축구 감독인데 총장님께 눈도장을 찍어야지. 오늘 심판은 덕규가 본다며?"

"주최 측에서 요청한 모양입니다. 결승전이니까 축구부 쪽에서 심판을 봐달라고 했답니다. 그래서 제가 그러라고 했습니다."

"잘했어."

"총장님 나오셨네요. 또 한참 동안 연설하시겠죠?"

"그럴 테지. 말하는 거 엄청 좋아하시는 양반이잖아."

강호익의 말에 이일원이 웃으며 스탠드의 중앙을 바라봤다.

거기에 마련된 단에서는 총장인 윤석호가 일장연설을 하기 위해 마이크 앞으로 나서고 있었다.

박강호는 혀로 입술을 축이며 고홍준을 바라봤다.

선축은 경영대였기 때문에 이제 심판의 휘슬이 울리면 공이 자신에게 넘어올 것이다.

학회장을 비롯한 선배들은 여전히 자신에게 큰 기대를 가지고 있는 것 같았다.

하지만 이번 경기는 쉽지 않을 것으로 예상됐기 때문에 이전처럼 강한 자신감을 보이지 못했다.

어떤 운동경기에서도 상대가 강한 체력을 보유했을 경우 그 벽을 넘는다는 건 보통 어려운 일이 아니었다.

박강호와 같은 능력을 가진 사람들로 팀을 형성했다면 모를까, 경영대의 선수들은 고홍준을 제외하면 특출 난 선수가 없었고 체력도 뛰어나지 않았다.

삐익!

드디어 경기가 시작되었다.

고홍준이 예상처럼 자신에게 공을 넘겨줬기 때문에 박강호는 공을 트래핑하면서 좌우를 살폈다.

접근해 오는 체대 미드필더의 움직임이 탱크처럼 보였다.

하지만 옆에서 달려오는 놈을 향해 슬쩍 페인트를 걸자 스피드를 이겨내지 못하고 옆쪽으로 흘러나갔다.

놈은 공을 만져보지도 못하고 속임수에 넘어간 게 황당했는지 잠시 동안 움직이지 못했다.

단 한 번의 페인팅에 자신감이 차올랐다.

체력은 뛰어날지 모르나 축구를 전문으로 하지 않았기 때문인지 간단한 페인팅에도 나가떨어졌다.

이대로라면 충분히 해볼 만하다는 생각이 들자 박강호의 움직임이 빨라지기 시작했다.

시합은 팽팽하게 진행되었다.

박강호가 중원에서 한 치도 물러서지 않고 적의 미드필더들과 격돌했기 때문에 경기는 일진일퇴의 공방전을 계속했다.

경기가 경영대 쪽으로 서서히 기울기 시작한 것은 전반 15분이 지나면서부터였다.

타고난 센스로 체대 미드필더들의 특성을 파악한 박강호가 중앙을 장악했기 때문이다.

뛰어난 체력을 지녔다 해도 어릴 때부터 공격형 미드필더를 맡아온 박강호의 활약을 체대의 미드필더들은 막아내지 못했다.

"감독님, 저놈 물건인데요."

"그렇군."

"몸놀림이 장난 아닙니다. 패스에 대한 센스도 뛰어나고요."

"강 코치가 봤을 때 성환이하고 비교하면 어때?"

"성환이는 우리 팀 에이슨데 비교할 수 없지요. 저놈이 잘 찬다는 건 동네 축구 수준에서 말한 겁니다."

이 감독의 말에 강호익이 풀썩 웃었다.

비교조차 하면 안 된다.

축구팀의 주장을 맡고 있는 4학년 김성환은 차세대 국가대표로까지 거론되는 미드필더였다.

하지만 풀썩 웃던 강호익이 유심하게 박강호를 바라보는 이 감독의 얼굴을 확인한 후 슬며시 웃음을 지웠다.

무슨 뜻인지 그때서야 눈치챘기 때문이다.

"감독님, 내년을 걱정하시는 거군요."

"그래, 성환이 졸업하면 마땅하게 중원을 지휘할 놈이 없잖아. 그러다 보니 별걸 다 생각하게 되는군."

"하지만 중규도 있고 인호도 있습니다. 놈들도 경험이 쌓이면 잘할 겁니다."

"우리가 대학연맹에서 두 차례나 우승한 건 성환이가 있었기 때문이야. 중규나 인호 정도 가지고는 힘들단 말이지. 내가 총장 배 축구 대회를 매번 봐왔지만 저놈은 처음 봐. 분명 신입생일 거야."

"설마… 키워보실 생각입니까?"

"전문적으로 공을 만진 놈도 아닌데 저 정도라면 가능성이 있지 않겠어?"

"감독님, 솔직히 말씀드리면 무리인 것 같습니다. 저놈 실력이 뛰어나 보이는 건 상대가 너무 허술하기 때문입니다. 당장 성환이가 아니라 중규가 저기에 들어갔어도 아마 지금쯤 세 골 정도는 만들었을 겁니다."

"알아. 하도 답답해서 해본 소리야. 요즘 걱정이 많다 보니까 내가 헛것이 다 보일 정도다. 그래도 모르니까 저놈 한번 슬쩍 만나봐. 싹수가 있어."

전반전에 박강호의 활약으로 팽팽한 경기를 벌이던 경영대가 후반에 연속으로 골을 먹은 것은 경영대 선수들의 체력이 바닥을 드러내면서부터였다.

축구는 혼자 하는 것이 아니기 때문에 박강호가 중원을 휘저었음에도 경영대의 수비수들은 체대 공격수들을 막아내지 못하고 허무하게 골을 헌납하고 말았다.

2 대 0.

후반전 10분을 남겨놓고 경영대는 체대의 월등한 체력에 밀려 연신 후퇴를 거듭했다.

지고 있는 상황이었음에도 반전을 이루기는 쉽지 않았다.

이미 체력이 무너진 경영대 선수들이 제대로 움직이지 못했기 때문에 경기를 뒤집기에는 역부족으로 보였다.

박강호가 괴력을 발휘한 것은 경기 종료를 5분 남기고서였다.

수비수가 걷어낸 공을 키핑한 박강호는 체대 미드필더들의 방어를 뚫어내고 곧장 적진을 향해 드리블을 시도했다.

폭풍 같은 드리블.

계속 밀어붙이는 상황이었기 때문에 체대 선수들이 방심한 탓도 있었지만 박강호의 스피드는 수비수들의 방어를 이겨낼 만큼 대단했다.

박강호는 이를 악물고 마지막 힘을 끌어냈다.

비록 지쳤지만 무기력하게 이대로 끝내고 싶지는 않았다.

자신에게 기대를 가지고 있는 많은 선배들과 최현승의 얼굴이 떠올랐다.

그리고 마지막으로 떠오른 것은 윤선아였다.

그가 준결승에서 결승골을 터뜨렸을 때 윤선아가 무척 기뻐했다는 소리를 최현승에게 들었다.

사귀는 동안 그녀에게 해준 것이 아무것도 없었다.

그녀의 외로움과 고통을 알면서도 현실 때문에 외면한 시간을 보상해 주고 싶었다.

중앙을 뚫고 들어가자 수비수가 달려드는 것이 보였다.

패스를 하고 싶었으나 고홍준은 수비수에게 밀착 마크당해 몸을 빼내지 못하고 있었다.

그랬기에 드리블을 하는 속도를 늦추지 않고 달려든 수비수의 왼쪽으로 전진하며 그대로 슛을 날렸다.

감각이 좋았다.

오랜 기간 그가 축구를 사랑한 것은 공을 찰 때마다 느껴지는 이 감각을 잊을 수 없기 때문이었다.

"와아! 와아!"

부지불식간에 그림 같은 슛으로 골이 터지자 마음 졸이며 관전하던 경영대 응원단 쪽에서 폭풍 같은 함성이 터져 나왔다.

미칠 듯한 함성이었다.

박강호는 자신을 향해 쏟아지는 함성을 들으며 천천히 걸어 나왔다.

지친 상태에서 마지막 힘을 쏟아부은 공격이었기에 다리가 후들거렸다.

혼신의 힘을 다했으니 이제 후회는 없었다.

언제나 최선을 다한다고 다짐했고 이번에도 그렇게 했다.

살면서 후회하지 않을 정도로 노력한다면 언젠가는 반드시 성공한 삶을 살게 될 것이라 믿었으니 앞으로도 나는 불꽃처럼 타오를 것이다.

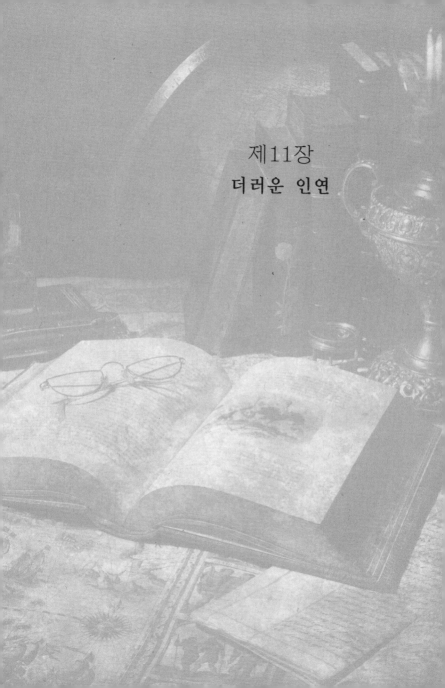

제11장
더러운 인연

　총장 배 축구 대회는 박강호의 분전에도 아쉽게 준우승으로 끝나고 말았다.

　무려 15년 만에 오른 결승이었기에 아쉬움은 더욱 컸지만 경영대의 수많은 선배들은 박강호와 고홍준에게 위로의 말을 아끼지 않았다.

　축제의 흥분이 모두 가라앉고 캠퍼스는 일상으로 돌아왔다.

　축구부의 강호익 코치가 찾아온 것은 축구 대회가 끝나고 일주일 후였지만 박강호는 일거에 그의 제안을 거절했다.

대학에 온 것은 꿈을 이루기 위함이지 축구를 하기 위함이 아니었기 때문이다.

삶은 거듭되었고 일상은 변하지 않았다.

고민과 고통의 시간도 계속되었다.

가진 것 없는 청춘은 언제나 모든 것이 힘들고 괴로웠다.

그럼에도 박강호는 웃었다

그를 괴롭히는 삶이 육체와 정신을 갉아먹고 있었지만 당당히 이겨내기 위해 필사적으로 노력했다.

"천."

"콜!"

'청혼'의 사장 조세현은 반대쪽에 앉아서 황금빛 칩을 던지는 황승규를 잠시 바라보다가 자신의 패를 확인하고 칩을 던졌다.

황승규는 섬유 공장을 운영하는 사십 대 초반의 중년인이었는데 뿔테 안경을 썼고 배가 불쑥 튀어나와 허술하게 보이는 사람이었다.

지금은 포커 판에 참여한 일곱 명 중 나머지는 다 죽고 황승규와 자신만이 남아 있는 상태였다.

바닥에 깔려 있는 황승규의 패가 스트레이트일 확률은 적었다.

그가 스트레이트를 완성시키는 데 필요한 7을 자신이 두 장이나 가지고 있고 한 장은 옆에 있는 김기춘에게 빠졌기 때문에 오직 클로버 7만 남아 있는 상태였다.

자신의 패는 에이스 투페어.

놈이 만약 클로버 7를 가지고 있다면 질 수밖에 없지만 뻥끼일 가능성이 90%가 넘는다.

그랬기에 과감하게 콜을 들어갔다.

이번 판은 그리 크지 않았지만 그럼에도 판돈은 오천만 원이 훌쩍 넘었다.

"무리하는 거 아닌가?"

"쫄리면 죽으시든가."

"걱정돼서 그러지."

황승규가 풀썩 웃었다.

그의 표정은 여유가 있었는데 그것이 조세현의 가슴을 답답하게 만들었다.

마지막 히든카드가 날아오자 조세현은 속으로 에이스를 외쳤다.

에이스만 뜨면 놈을 박살 낼 수 있었다.

조심스럽게 마지막 카드를 천천히 내리자 뾰족한 것이 보였다.

가슴이 벌렁거리고 두 눈은 시뻘겋게 충혈되었다.

에이스다. 에이스가 올라와야 한다.

하지만 간절한 마음으로 확인한 히든카드는 에이스가 아니라 하트 4였다.

속에서 천불이 났으나 카드가 바뀌지 않는 한 자신의 패는 투페어로 말랐다.

그럼에도 냉정함을 유지한 채 황승규가 패를 확인하는 걸 지켜보며 자신의 칩을 만지작거렸다.

이길 수 있는 확률은 여전히 90%가 넘는다.

"삼백!"

"쫄리면 책을 할 것이지 뭐하러 베팅을 해. 삼백 받고 이천더!"

씨발놈.

분명히 스트레이트가 아닐 텐데도 과감하게 베팅이 들어온다.

그렇다고 죽을 내가 아니다.

"콜! 까시죠!"

"좆도 안 되는구만. 먹어."

조세현이 자신의 패를 내려놓고 노려보자 황승규의 얼굴이 똥색으로 변하는 것이 보였다.

자신의 판단이 맞았다.

놈은 뻥끼를 쓰다가 당한 것이다.

조세현이 포커 판에 끼어든 것은 석 달이 넘었다.

가끔가다 카페에 와서 한참을 놀다가던 김기춘의 꼬임에 빠진 것이 원인이었다.

김기춘은 그가 운영하는 '청혼'과 불과 30m 떨어진 곳에서 대형 마트를 운영하는 사장이었는데 나이도 비슷해서 여러 번 술을 마신 적이 있었다.

처음에는 재미 삼아 하던 것이 점점 판이 커졌다.

모임에 참여하던 자들은 대부분 회사를 운영하거나 대형 마트의 사장이었고 자신처럼 카페를 운영하는 사람도 있었다.

멤버는 대략 십여 명이었으나 돌아가면서 참여했기 때문에 고정된 것은 아니었다.

처음에는 제법 성적이 좋았다.

어릴 때부터 포커라면 밥 먹는 것보다 좋아했고 실력도 뛰어났기 때문에 돈을 잃는다는 건 생각조차 해보지 않았다.

하지만 시간이 지날수록 점점 문제가 생겼다.

작은 판에서는 따고 큰 판에서 잃는 일이 반복되었고, 그러다 보니 자금이 말라갔다.

저축해 놓은 돈은 한참 전에 씨가 말랐기 때문에 은행 대출을 받았지만 얼마 가지 않았다.

그랬기에 사채에까지 손을 댔다.

본전만 찾으면 손을 떼겠다고 수없이 다짐했으나 시간이 지날수록 상황은 최악으로 치달았다.

가게를 담보로 받은 은행 융자가 5억이었고 사채로 빌린 돈도 5억이 훌쩍 넘었다.

오늘 가지고 온 돈은 그가 마지막까지 짜내어 빌려 온 1억이 전부였다.

다행스럽게 황승규의 뻥끼를 잡아내면서 중반 운세가 좋아졌다.

그 뒤로도 연속으로 판을 쓸어 담으며 자신이 가지고 있는 돈은 3억이 넘었다.

이대로라면 그동안 잃은 돈을 어느 정도 만회할 수 있을 것이란 희망이 생겼기에 조세현의 얼굴에는 웃음기가 흘렀다.

처음 석 장 던져진 카드를 확인하자 숫자 4가 연속으로 들어왔다.

포커 판에서 하루 종일 쳐도 들어온다는 보장이 없을 정도로 운이 좋은 경우였다.

마른침이 삼켜졌다.

기회다.

이번 판에서 잘만 하면 사채로 빌린 돈은 전부 갚을 수 있을지도 몰랐다.

판이 진행되면서 판에 참여한 일곱 명이 5구까지 모두 따라 들어왔기 때문에 판돈이 순식간에 5천만 원이 넘었다.

전부 한칼씩 들고 있다는 뜻이다.

드디어 운명의 6구.

최대한 무표정으로 적들의 패를 살필 때 거짓말처럼 자신의 패에 하트 4가 떨어졌다.

자신의 손에 든 두 장의 4.

바닥에 깔린 또 다른 두 장의 4.

말 그대로 오리지널 포커가 완성되는 순간이었다.

입안은 말라갔고 가슴은 정신없이 뛰었다.

침착해야 된다.

적들이 자신의 패를 읽게 된다면 모두 죽어버릴 가능성이 크기 때문에 상대방에 맞춰 베팅을 했다.

6구가 떨어지고 세 명이 탈락하면서 이제 남은 것은 자신을 포함해서 네 명이다.

마지막까지 긴장의 끈을 놓으면 안 된다는 생각에 적들이 가지고 있는 패를 확인했다.

자신을 포커 판에 끌어들인 김기춘은 스트레이트가 완성된 게 분명했다.

놈은 치밀한 성격인데도 완성된 스트레이트에 미련을 못 버리고 따라오는 것 같았다.

반대쪽에 앉아서 연속으로 담배 연기를 뿜어내는 주형돈은 풀하우스를 잡은 모양이다.

포커는 없었다.

놈의 바닥 패에 깔린 숫자가 나머지 놈들에게 빠진 것을 확인했으니 포커가 될 리는 만무했다.

문제는 두꺼비눈으로 상대의 패를 확인하고 있는 황승규였다.

놈은 오늘 두 번이나 자신에게 뺑끼를 치다가 잡힌 적이 있는데 바닥 패를 보니 하트가 석 장이나 되었다.

그렇다면 플러시일 가능성이 컸는데 기분 나쁜 것은 숫자가 연속되었다는 것이다.

"이천!"

풀하우스가 의심되는 주형돈이 히든카드를 받고 나서 과감하게 베팅액을 올렸다.

놈은 자신의 패를 주시하고 있었는데 액면에서 같은 풀하우스를 잡아도 충분히 이길 수 있다고 자신하는 것 같았다.

그랬기에 판돈을 올렸다.

이 기회에 완전히 판을 말아버려야 한다는 생각뿐이었다.

"이천 받고 오천!"

"허, 이 사람이 왜 이래. 오늘 기세가 사납네."

"나도 이런 날이 있어야 될 거 아닙니까. 오늘 잘되니까 갈

데까지 가볼랍니다."

"좋지. 그렇다면 난 거기에 1억을 더 올리지."

중간에서 자신의 패를 확인한 김기춘이 죽자 황승규가 뿔테 안경을 치켜 올리더니 거액을 베팅했다.

그러자 주형돈이 멈칫거렸다.

놈은 풀하우스를 잡고도 워낙 황승규가 과감하게 베팅해오자 쫄리는 모양이다.

"에이, 한 번 죽지 두 번 죽냐."

죽을 거라고 예상했지만 그가 따라 들어왔다.

주형돈은 오늘 황승규가 연속으로 뺑끼 치다가 당하는 걸 확인했기 때문에 자신이 먹을 확률이 크다고 판단한 게 분명했다.

그것은 조세현도 마찬가지였다.

마지막 승부.

여기서 쫄딱 망하는 한이 있더라도 갈 데까지 가봐야 했다.

그랬기에 그는 있는 돈을 모두 밀어 넣었다.

"올인!"

박강호는 수업을 마치고 '청혼'에 갔다가 같이 일하던 사람들이 가게 앞에서 서성거리는 걸 확인하고는 불길한 기운을 느꼈다.

강인규를 비롯해 웨이터로 일하던 사람들의 표정은 모두 굳어 있었는데 '청혼'은 문이 굳게 닫혀 있는 상태였다.

　"형님, 무슨 일입니까?"

　"씨발, 강호야 큰일 났다."

　"왜요?"

　"가게가 망했단다. 조 사장이 빚을 잔뜩 지고 튀었대."

　웨이터로 일하던 사람 중에 가장 나이가 많은 강인규는 울분을 참지 못하고 씩씩거렸다.

　내일이 월급날인데 조세현이 가게를 넘기고 달아났다는 것이다.

　도박에 빠져 가산을 전부 탕진한 조 사장은 야반도주를 했고, 가게는 은행과 사채업자에게 넘어가 경매에 넘어갔기 때문에 들어갈 수조차 없다는 이야기였다.

　눈앞이 노랗게 변했다.

　저번 달 월급도 사정이 있다며 주지 않았지만 그동안 자신을 돌봐준 조세현을 생각해서 믿고 기다렸는데 이런 상황이 되자 암담함에 눈앞이 캄캄했다.

　등록금을 마련하기 위해 그토록 열심히 일한 것이 한순간에 물거품으로 변했다고 생각하자 다리에 힘이 풀렸다.

　세상 참 더럽다.

인생이 꼬인다는 것은 박강호의 처지를 두고 하는 말 같았다.

다음 학기 등록금은 아직 반도 채우지 못했는데 '청혼'이 문을 닫아버리자 당장 눈앞이 깜깜해졌다.

며칠 동안 다른 일자리를 구하러 돌아다녔지만 '청혼'만 한 곳을 찾지 못했다.

웨이터 월급에 노래까지 하면서 보너스를 받았기 때문에 청혼은 최상의 일자리였다.

다른 곳의 보수는 '청혼'에서 받은 것의 반도 되지 않았기 때문에 쉽게 일을 하겠다는 결정을 내리지 못했다.

일단 일을 시작하면 발을 빼기 어렵다는 것을 너무나 잘 알기에 신중하게 선택할 필요가 있었다.

그럼에도 마음은 급했다.

겨울에는 공사판도 일을 멈추기 때문에 막노동을 하기 어려운 상황이기에 어떻게든 빠른 시간 내에 일자리를 구해야만 했다.

'청혼'에서 같이 일하던 강인규가 박강호의 딱한 사정을 듣고 연락을 해온 것은 '청혼'이 문을 닫은 지 일주일이 지난 후였다.

그는 세 살이나 많았기 때문에 박강호는 같이 일할 때 예의를 잃지 않고 공손하게 대했는데 그것 때문인지 그는 박강호를 무척이나 아꼈다.

커피숍에 나온 강인규는 편한 캐주얼 차림이었지만 왠지 모르게 부티가 흘렀다.

취직이 안 돼서 아르바이트를 한다고 하더니 집안이 그리 어려운 건 아닌 모양이다.

"강호야, 아직 일자리 못 구했지?"

"예, 구하는 중입니다."

"내가 아는 곳이 있는데 한번 해볼래? 보수가 제법 괜찮은 곳이야."

"어딥니까?"

"아라비안나이트."

"나이트클럽 말입니까?"

"그래, 강남에서 제일 잘나가는 나이트다. 거기서 일하는 형님을 만났는데 웨이터가 필요하다고 하더라. 그래서 내가 널 소개시켜 준다고 했다. 다른 곳과 다르게 기본급이 있고 손님들이 주는 팁도 만만치 않아서 네 등록금은 충분히 마련할 수 있을 거다."

"거긴 거의 날밤을 새워야 되는 곳이잖아요."

"그렇긴 하지. 하지만 학교와 멀지 않고 3시면 끝난다고 하니까 고생은 되더라도 버틸 만할 거야."

"알겠습니다. 하루만 생각하고 연락드리겠습니다."

고민은 길지 않았다.

직업에 귀천이 없다고 생각했고 젊을 때 고생은 사서도 한다는 말을 믿었다.

강남의 고급 나이트클럽이었기 때문에 기본급이 있다는 것과 두둑한 팁까지 챙길 수 있다는 사실이 등록금이 급한 강호의 주저함을 없애주었다.

강인규가 소개해 준 나이트클럽의 지배인은 박강호가 대학생이란 신분을 확인하고 흔쾌히 일할 수 있도록 도와주었는데 그 이면에는 박강호의 그럴듯한 마스크가 있었기 때문이다.

큰 키에 늘씬한 몸매, 여자들이 한눈에 호감을 느낄 정도의 외모를 지녔으니 박강호는 웨이터로서 최상의 가치를 가지고 있었다.

누나의 집에서 나온 것은 웨이터 일을 시작하면서부터였다.

새벽 3시나 되어서야 일이 끝났기 때문에 인천까지 통학한다는 것은 불가능했다.

숙소는 그의 처지를 딱하게 여긴 지배인이 나이트클럽의 쪽방에서 잘 수 있도록 배려해 줘서 해결되었다.

나이트클럽의 쪽방은 누나네 집보다 훨씬 좋았다.

침대가 있고 그가 쓸 수 있는 장롱까지 있었기 때문에 오히려 훨씬 안정적이었다.

가장 중요한 것은 인천까지 다니던 시간을 절약할 수 있다는 것이었다.

지옥철에서 시달리지 않아도 된다는 것은 잠이 모자란 것을 충분히 보완해 주고도 남았다.

아라비안나이트는 주 고객이 삼십 대였는데 저녁 9시만 되면 홀이 꽉 찰 정도였다.

특히 룸은 8시면 자리가 없었다.

웨이터 일은 '청혼'에서 하는 것과 그리 다르지 않았다. 단순 반복적인 일이었고 특별한 기술도 필요치 않았다.

그러나 '청혼'과 근본적으로 다른 점도 있었다.

부킹!

남자 손님들과 여자 손님들을 맺어주는 것을 이 세계에서는 부킹이라고 부른다.

부킹은 나이트클럽의 꽃이라고 부를 정도였으니 부킹을 얼마나 잘하느냐에 따라 팁이 좌우되기 때문에 박강호는 선배 웨이터들이 가르쳐 주는 부킹 기술을 배우느라 한동안 고생해야 했다.

강남에서 가장 잘나간다는 나이트클럽인 만큼 손님들의 수준은 상당히 높았다.

그럼에도 레벨은 존재해서 부킹을 잘못하면 욕을 바가지로 먹기 일쑤였다.

박강호가 웨이터로 3개월을 일하면서 터득한 것은 남자 손님들의 수준에 맞춰 부킹을 해줘야 된다는 것이었다.

여러 번 부킹을 해주는 것보다 수준에 맞춰 확실하게 여자 손님들을 데려다줘야 팁이 팍팍 나온다는 것을 알게 된 후 박강호는 들어오는 여자 손님들의 일거수일투족을 관찰하는 버릇이 생겼다.

성격도 바뀌었다.

될 수 있으면 헛된 말을 삼가면서 과묵하게 지내던 성격이 웨이터 일을 하면서 점차 바뀌었다.

세상을 편하게 살기 위해서는 빠르게 환경에 적응해야 된다는 것을 뼈저리게 느끼면서 박강호는 어떤 일이 있어도 웃기 위해 노력했다.

그런 모든 것이 박강호의 주머니를 두둑하게 채워주었다.

워낙 마스크가 좋았기 때문에 그가 여자 손님들의 손을 잡으면 거의 대부분 거부하지 않았다.

물론 그 와중에는 노골적으로 박강호를 유혹하는 여자들도 있었다.

원 나잇 스탠드를 원하는 여자들이 가끔가다 돈을 내밀었지만 박강호는 절대 그녀들의 유혹에 넘어가지 않았다.

등록금이 필요해서 일할 뿐 몸을 팔 생각은 추호도 없었다.

박강호의 운명을 결정짓는 사건이 벌어진 건 아라비안나이트에서 일한 지 오 개월째 되는 오월의 마지막 주 금요일이었다.

나이트클럽에는 금요일에 가장 손님이 많았다.

다음 날이 편하게 쉴 수 있는 주말이기 때문에 일탈을 원하는 사람들은 금요일을 가장 선호했다.

그랬기에 웨이터들은 금요일만 되면 정신이 없을 정도로 바쁘게 움직여야 했다.

같이 일하던 신용수가 서빙을 하고 돌아온 박강호의 소매를 지그시 잡아끈 것은 남자 손님들이 떼로 몰려들었을 때다.

신용수는 그와 나이가 같았는데 이곳에서 일한 경력은 벌써 3년이나 돼서 나이트클럽 돌아가는 분위기에는 빠삭한 놈이었다.

"강호야, 특실 근처에는 얼씬도 하지 마."

"왜?"

"씨발, 대가리가 왔어."

특실을 가리키는 신용수의 눈짓에 박강호가 입맛을 다셨다.

대가리라면 강남을 휘어잡고 있는 칠성파의 지역 보스 윤필용이 떴다는 말이다.

윤필용은 강남파에서도 핵심 인물로 용산과 이태원을 맡았는데 이곳 아라비안도 그의 나와바리였다.

박강호가 일할 동안 윤필용은 단 두 번 왔을 뿐이지만 지배인을 비롯해서 사장이 직접 나와 접대를 했기 때문에 그의 얼굴을 멀찍이서 볼 수 있었다.

그가 뜰 때면 검은 양복의 사내들이 호위를 해서 처음에는 정부의 높은 고위층이 온 걸로 착각했다.

"그런데 왜 가지 말라는 거냐? 그쪽에 내 담당 룸이 있는데 어떻게 안 가."

"그냥 가지 마. 오늘 대가리 쪽 분위기가 안 좋단 말이다."

"안 좋긴 뭐가 안 좋아? 한잔하러 온 거 아냐?"

"내 말 들어. 내가 여기서 오랫동안 일했지만 오늘처럼 분위기 안 좋은 건 처음 봐."

"알았어. 그래도 일은 해야 되니까 눈치 잘 살피면서 조심하지. 그러니까 내 걱정 말고 네 할 일이나 해."

광란의 시간.

금요일을 맞아 홀을 가득 채운 사람들은 광란의 시간을 보내며 짝을 찾아 헤맸다.

부킹은 불륜으로 이어지는 지름길이었지만 여기에 온 사람들은 여자든 남자든 괜찮은 상대를 만나기 위해 눈에 불을 켜고 있었다.

선수들은 11시까지는 초반 탐색전을 벌이고 본격적인 작업은 12시가 지나야 이루어진다.

12시가 지나면 스트레스를 풀기 위해 놀러 온 샐러리맨과 일반 주부들은 대충 빠져나가고 진짜 선수들만 남기 때문에 룸은 천태만상이었다.

하지만 그것도 2시가 넘으면 대충 정리되기 때문에 홀은 한산하게 변한다.

일이 벌어진 것은 2시가 훌쩍 넘어 사람들이 거의 빠져나가고 난 후였다.

신용수의 경고에도 불구하고 특실 쪽에 가까운 27번 룸이 그의 담당이었기 때문에 들락거릴 수밖에 없었는데, 거기에 들어 있는 남자 손님들은 한 시간 전에 부킹한 여자들과 물고 빠느라 나갈 생각조차 하지 않았다.

홀에 앉아 있던 십여 명의 사내가 여기저기에서 일어난 건 박강호가 27번에 있는 손님들의 계산을 하기 위해 룸으로 들어갈 때였다.

그들의 손에는 쇠파이프가 들렸는데 한쪽에는 미끄러지지 않도록 광목으로 둘둘 말려 있다.

탄탄한 몸매의 사내들.

특실로 향하는 놈들의 눈빛은 먹이를 노리는 늑대의 눈빛과 흡사했다.

윤필용은 좌우에 김길환과 박영도를 앉혀놓고 특실에 앉아 밸런타인 30년산을 다섯 병이나 마셨다.

김길환과 박영도는 최측근으로 주먹이 강했고 의리가 있는 놈들이기 때문에 언제나 그와 함께했다.

룸에는 아라비안나이트가 보유한 아가씨 중에 특급 에이스들이 들어와서 서빙을 하는 중이었는데 윤필용의 애인인 정미혜도 포함되어 있었다.

오랜만에 만든 술자리였지만 분위기는 좋지 않았다.

그는 빅 보스인 김칠성으로부터 오늘 낮에 질책을 받았기 때문에 화가 극도로 난 상태였다.

서울 서부를 장악하고 있는 충정파와 작은 충돌이 있었는데 김칠성은 그것에 대한 관리 부실 책임을 물었던 것이다.

사회 분위기가 어수선한 시절이고 조폭에 대한 일제 검거령이 나 있는 상태였기 때문에 자칫 잘못하면 조직 전체가 위험에 처할 수 있는 상황이었다.

그랬기에 김칠성은 그를 향해 불같이 화를 냈다.

다시 한 번 행동을 잘못해서 조직에 위해를 가한다면 그냥 두지 않겠다며 얼굴조차 보지 않고 내쫓았다.

자신의 잘못이 아니었음에도 고개를 처박을 수밖에 없었다.

조직 전체를 생각하는 빅 보스에게 대든다는 건 있을 수 없는 일이었기 때문이다.

하지만 생각할수록 열이 받았다.

충정파에서 영등포를 맡고 있는 망치 놈은 수시로 자신의 나와바리를 넘봤기 때문에 경고하는 차원에서 며칠 전 애들을 보내 몇 놈 잡은 것이 사건의 전부였다.

그것을 빅 보스가 알게 된 것이다.

잘못한 것은 망치 놈인데 엿 먹은 건 자신이라고 생각하자 술이 들어갈수록 기분이 나빠졌다.

망치는 이 세계에 거의 같은 시기에 입문했는데 칠성파와 쌍벽을 이루는 충정파에서 자신과 비슷한 지위에 있는 놈이다.

악연이다.

조직을 키워가면서 수십 번도 더 부딪쳤기 때문에 놈과 자신은 견원지간이나 다름없었다.

윤필용은 애인인 정미혜의 가슴을 만지며 김길환의 노래를 들었다.

밸런타인 30년산을 다섯 병이나 비웠기 때문에 방 안의 분위기는 나른하게 변한 상태였다.

반대쪽에 있는 박영도는 김길환의 노래를 듣는 척하며 이쪽을 바라보지 않고 있었다.

보스의 체면을 세워주기 위해 하는 행동이다.

정미혜는 스물다섯 살로 색기가 흐르는 얼굴에 몸매가 좋았다.

특히 섹스를 잘했고 물건도 윤필용과 잘 맞아서 벌써 일 년이나 애인으로 삼고 있는 중이다.

윤필용의 손이 치마 속으로 들어가자 정미혜가 엉덩이를 슬쩍 들어 올렸다.

타이트한 스타킹을 입고 있기 때문에 엉덩이를 들어주지 않으면 만지기 힘들다는 걸 알고 있기 때문이다.

손가락이 움직이자 정미혜의 몸이 부르르 떨렸다.

그녀의 몸은 언제나 뜨거워 조금만 자극을 줘도 금세 반응했다.

문밖에서 시끄러운 소리가 들린 것은 김길환이 노래를 끝내고 자리로 돌아오려 할 때였다.

술에 취했지만 산전수전 다 겪은 윤필용이 자리에서 벌떡 일어나며 김길환을 향해 눈짓했다.

박영도가 파트너를 밀어내고 문을 향해 움직인 것은 동시에 벌어진 일이었다.

룸 밖에는 자신의 친위대가 다섯 명이나 지키고 있었는데 문을 열자 싸우는 소리가 맹렬하게 들려왔다.

김길환과 박영도가 치고 나간 후 윤필용도 뒤를 따랐다.

기습이다.

상황 파악을 끝낸 윤필용은 조금도 주저하지 않았다.

룸에서 적을 맞이하는 건 자살 행위나 다름없기 때문에 최대한 넓은 공간에서 맞이하는 것이 싸움의 정석이었다.

윤필용은 룸에서 빠져나온 후 급히 복도를 살폈다.

이미 자신을 지키기 위해 배치한 부하들은 적들의 공격에 여기저기 널브러져 있고 김길환과 박영도가 복도를 막은 채 싸움을 벌이는 중이다.

"뚫어!"

특실은 뒤쪽이 벽으로 막혀 있기 때문에 복도를 뚫지 못하면 당할 공산이 컸다.

그랬기에 그는 김길환과 박영도의 중간을 치고 나가며 홀을 향해 전진했다.

그러나 놈들의 진형은 견고했고, 더군다나 쇠파이프로 무장해서 빠져나갈 틈을 허락하지 않았다.

술에 취한 몸이 비틀거렸지만 윤필용은 왼쪽에서 내려친 쇠파이프를 팔로 막은 후 놈의 머리채를 잡아서 벽에 내리찍었다.

왼팔에서 충격으로 빠개질 듯한 통증이 느껴졌으나 윤필용은 빼앗은 쇠파이프를 휘둘러 다가오는 놈의 복부를 쑤셨다.

그런 후 홀을 향해 뛰쳐나가며 다가오는 두 놈을 향해 맹렬하게 쇠파이프를 휘둘렀다.

싸움은 기세다.

놈들은 서 있고 윤필용은 무서운 기세로 전진했기 때문에 쇠파이프끼리 부딪쳤어도 이쪽이 훨씬 강했다.

주춤 물러서는 놈들의 허리와 어깨를 가격하고 그대로 빠져나가려 했다.

콰악!

두 놈이 무너지자 뒤쪽에서 받치고 있던 놈이 교묘하게 허리를 숙이고 들어와 다리를 쳤다.

비틀!

자신도 모르게 균형이 무너지며 바닥을 뒹굴었다.

앞으로 뒹굴며 벌떡 일어났으나 또 다른 놈이 쇠파이프로 얼굴을 가격해 왔다.

쏟아지는 오색 조명이 마치 무지개로 보였지만 이를 악물고 정신을 차리려 했다.

뒤쪽에서는 자신을 부르는 김길환의 목소리가 마치 어미 잃은 새처럼 애달프게 들려오고 있다.

박강호는 27번 손님이 내민 카드를 들고 룸을 빠져나오다가 멈칫하고 걸음을 멈추었다.

대가리라고 불리는 윤필용이 피투성이가 된 채 자신의 옆으로 쓰러졌기 때문이다.

놀란 눈으로 윤필용을 향해 시선을 줄 때 팔뚝에 문신을 한 놈이 무서운 속도로 쇠파이프를 내려치는 것이 보였다.

본능적으로 피했지만 또 다른 놈이 자신의 옆구리를 향해 쇠파이프를 날려왔다. ·

싸울 생각은 없었으나 그대로 맞을 수는 없었다.

이런 공격을 그대로 허용한다면 어디 한 군데 부러지는 건 일도 아니었다.

그랬기에 왼쪽 놈이 또다시 머리를 향해 공격해 오는 걸 피하며 좌우 연타를 터뜨린 후 오른쪽에서 쇠파이프를 치켜드는 놈에게 달려들며 복부를 가격했다.

위기 상황에서 터뜨린 일격이었기 때문에 전력을 다했다.

복싱으로 단련된 박강호의 공격에 두 놈이 쓰러지자 뒤쪽에서 악을 쓰며 윤필용을 부르던 박영도와 김길환이 놈들의 방어를 뚫고 나오는 것이 보였다.

위기의 순간에 또다시 박강호를 향해 쇠파이프가 날아왔다.

윤필용을 잡기 위해 뒤쪽에 처진 놈들이었다.

박강호는 쇠파이프가 어깨를 향해 날아오는 것을 보며 회전을 걸었다.

복싱 기술로는 뒤로 물러서야 정상이었으나 그의 뒤에 윤필용이 쓰러져 있기 때문에 자신도 모르게 회전하며 놈의 턱에 오른손 스트레이트를 날렸다.

수많은 싸움을 통해 익힌 본능.

타고난 싸움꾼답게 박강호는 본능에 충실하며 왼쪽에서 공격해 온 놈마저 강력한 훅으로 다운시켜 버렸다.

박영도와 김길환이 방어선을 뚫고 나와 복도를 가로막은 것은 박강호에 의해 바닥에 쓰러진 놈들이 머리를 흔들며 일어설 때였다.

"이 새끼야, 뭐 해! 빨리 형님 피신시켜!"

뭐, 이런 개 같은 경우가……

너무 황당하고 어이없었지만 워낙 급한 위기 상황이라 박강호는 피투성이가 된 윤필용을 들쳐 업고 바깥을 향해 뛰기 시작했다.

뒤늦게 상황을 눈치챈 손님들이 비명을 지르며 빠져나갔기 때문에 나이트클럽의 입구는 금방 사람들로 가득 찼다.

그것이 박영도와 김길환의 방어를 뚫고 나온 놈들의 추격을 가로막아 주었다.

윤필용을 가까운 병원 응급실로 데려간 박강호는 답답한 마음으로 자리를 지켰다.

새벽이라 병원 문을 연 곳이 없었기 때문에 택시를 타고 거의 20분이나 걸려 도착한 것은 C대의 대학 병원이었다.

윤필용의 상태는 생각한 것보다 훨씬 좋았다.

쇠파이프에 머리를 가격당했으나 빗맞았는지 뇌에는 이상이 없었고 팔과 다리, 갈비뼈도 부러진 데가 없었다.

"어이, 너 이리 와봐라."

한 시간여에 걸쳐 검사를 받고 치료를 한 윤필용이 침대에 누운 채 박강호를 불렀다.

그의 몸은 여기저기 붕대로 칭칭 감겨 있어 미라를 보는 것 같았다.

그럼에도 박강호를 바라보는 눈빛은 야수의 눈처럼 날카로웠다.

박강호가 주춤거리며 다가서자 그의 입이 다시 열렸다.

"너 누구냐?"

"웨이텁니다."

"아라비안 말이냐?"

"예."

윤필용의 날카로운 야수 눈이 박강호의 전신을 훑었다.

그는 의식을 잃지 않았기 때문에 순식간에 네 명이나 해치우는 박강호의 싸움을 지켜보았다.

놈은 마치 싸움 기계를 연상시킬 만큼 대단한 실력을 보여주었기 때문에 박강호에 의해 병원으로 오면서 이런 정도의 실력이라면 분명 보통 놈이 아니라는 판단을 내렸다.

"어디 식구였냐?"

"무슨 말씀이신지 모르겠습니다."

"솔직히 말해. 어디 소속이었어?"

"저는 C대 경영학과에 다니는 학생입니다. 등록금을 마련하기 위해 거기서 일했을 뿐입니다."

어이없는 얼굴로 윤필용이 물었다.

그는 박강호의 대답이 전혀 믿어지지 않는 모양이었다.

"정말이냐?"

"확인해 보시면 금방 아실 겁니다."

박강호는 검은 양복을 입은 사내들이 병실로 들이닥치는 걸 확인하고는 곧바로 병원을 빠져나왔다.

조폭들과 얼굴을 마주하는 것 자체가 싫었다.

윤필용을 구하게 된 것은 그를 해치려던 자들이 갑작스럽게 공격해 왔기 때문에 어쩔 수 없이 휘말려 들었을 뿐 자신의 의지로 인한 것은 아니었다.

고교 시절 어두운 세계를 경험해 본 박강호는 조폭들의 세계가 얼마나 더럽고 잔악한지 너무나 잘 알고 있었다.

약한 자들을 괴롭혀 자신들의 이익을 취하고 사회를 황폐하게 만드는 벌레 같은 자들.

그런 자들과는 어떠한 인연도 맺어서는 안 된다고 생각했다.

하지만 악연은 그의 생각을 넘어 끈질기게 이어졌다.

사건이 벌어지고 10일이 지난 후, 그때 싸우는 와중에 부딪친 김길환이 찾아온 것이다.

"받아라. 우리 형님께서 주는 것이다. 학비에 보태 써. 등록금은 충분히 될 테니까 아라비안에 나가지 말도록. 너는 놈들의 표적이 되어서 거기 가면 위험해질 거다. 이건 형님께서 고맙다고 주는 거니까 그냥 고맙게 받아. 쓸데없는 생각 하지 말고."

"싫습니다. 받을 수 없습니다."

"이 새끼가! 한 번만 더 좆같은 소리 하면 아가리를 찢어놓겠다. 내가 이 새끼야, 심심해서 여기까지 온 것 같아?"

두툼한 봉투.

받지 않으려 했으나 거부할 수 없었다.

그의 얼굴에 떠 있는 잔인한 미소가 꺼림칙했고 돈에서 풍겨 나오는 냄새가 지독했지만 어쩔 수 없이 받고 말았다.

그래, 갈등이었을 것이다.

그는 돈이 필요했고, 단지 고마움 때문에 주는 돈이라면 이 것으로 끝날 것이라 생각했다.

"그래 알아봤나?"

"예, 형님. 놈은 복싱을 배운 놈이었습니다. 고2까지 C시를 주름잡은 원톱이었답니다."

"그런 놈이 어떻게 그런 명문대에 다니는 거냐?"

"그게 대형 사고를 치고 나서 정신을 차렸답니다."

"정신을 차렸다. 의지가 강한 놈이란 뜻이구만."

"공부에 미친다는 건 쉬운 일이 아닙니다. 아마, 놈은 쉽게 응할 것 같지 않습니다."

"그놈은 당연히 응하지 않겠지. 하지만 응하게 만드는 방법 은 많아. 안 그래?"

"네, 그거야."

"시간이 없어. 선수 구하기도 쉽지 않고. 그놈으로 해. 그 정 도의 실력이라면 충분히 승산이 있다."

윤필용이 담배 연기를 길게 뿜어내며 앞에 앉아 있는 김길 환을 향해 지시를 내렸다.

당한 만큼 돌려주는 것이 이 세계의 룰이었으나 지금은 그 럴 수가 없는 상황이었다.

정부에서 일제 검거령이 나 있는 상태였기 때문에 망치의 린치에 복수를 하지 못했다.

생각 같아서는 당장에라도 전면전을 펼치고 싶었지만 이를 갈며 참을 수밖에 없었다.

그 이면에는 김칠성이 있었다.

빅보스인 김칠성은 절대 사고를 치지 말라며 또다시 경고를 했기 때문에 움직일 수 없었다.

김칠성은 자신의 왼팔이 린치를 당한 것에 대해 불같이 분노를 터뜨렸으나 칠성파를 이끄는 빅보스답게 냉정함을 잃지 않았다.

충정파의 망치와 이렇게 계속 분쟁이 계속된 이유는 자신이 나와바리로 삼고 있는 대형 룸살롱 '비화'의 소유권 때문이었다.

'비화'의 위치는 묘하게도 칠성파와 충정파의 경계 선상에 자리 잡고 있었는데 워낙 이익이 큰 장사라 두 조직은 서로 자신들의 영역이라며 양보를 하지 않고 있었던 것이다.

어떻게든 '비화'의 소유권이 결정되지 않는다면 두 조직의 싸움은 계속될 수밖에 없는 상황이었다.

절충안이 필요했다.

비록 두목급의 보스가 피습을 당했으나 현 상황에서 전면전을 벌인다는 건 자살행위나 다름없는 것이었으니 어떡하든 새로운 방법이 필요했다.

고민 끝에 나온 안이 바로 대리전이었다.

조직과 상관없는 놈들을 골라 대리전을 치러 이긴 쪽에서 한 달간 '비화'의 운영권을 가져간다는 안은 두 조직의 빅보스인 김칠성과 김대진에게서 나온 것이었다.

이견은 있을 수 없는 것이었다.

두목들끼리 협의된 사안에 제동을 건다는 것은 반역이나 다름없는 것이었으니 윤필용은 울며 겨자 먹는 심정으로 받아들일 수밖에 없었다.

조직 내라면 날고뛰는 놈들이 여럿이었지만 갑자기 선수를 구한다는 것은 절대 쉬운 일이 아니었다.

그때 생각난 것이 박강호였다.

순식간에 쇠파이프를 들고 덤비는 적들을 단숨에 부숴 버리는 박강호의 실력은 황홀할 정도로 눈부신 것이었다.

"어쩐 일이십니까?"

"밥값 하라고 왔다."

"무슨 말씀인지 모르겠습니다."

"등록금 줬잖아. 그러니까 밥값 해야지."

학교로 불쑥 찾아온 김길환은 특유의 징그러운 미소를 짓고 있었는데 뒤에는 검은 양복을 입은 사내들이 늘어선 채였다.

도움을 준 것에 대한 인사라고 생각했는데 김길환의 표정은 자신의 생각이 잘못된 것이라는 걸 확실하게 알려주고 있었다.

기가 막혔다.

고마움의 표시라며 돈을 주더니 이제 와서 밥값을 하라는 걸 보면 역시 조폭답게 하는 짓이 더러웠다.

혹시나 해서 놈이 준 돈을 한 푼도 쓰지 않았던 것이 다행스럽게 여겨졌다.

"돈은 돌려 드리겠습니다. 저는 학생입니다. 더 이상 그쪽 일에 관여하지 않을 겁니다."

"웃기는 소리 하지 말고 차분하게 들어. 일수불퇴라는 말 들어봤지? 한번 받았으면 그것으로 끝이야. 네가 할 일은 아주 쉬운 일이다. 한 달 후 벌어지는 시합에서 어떤 놈을 이기기만 하면 돼."

"싸움을 하란 말입니까?"

"이제야 말귀를 알아듣는군. 이거라. 그러면 너에게 별도의 보너스를 주겠다."

"싫습니다."

"싫어?"

"그렇습니다. 저는 학생이지 싸움꾼이 아닙니다."

굳은 표정, 풀려나오는 기세.

비록 눈앞에 있는 자들이 조폭이라 해도 하기 싫은 것을 강압하는 것을 그대로 받아들일 생각은 없다.

설혹 여기서 죽는 한이 있더라도 말이다.

하지만 김길환의 얼굴에는 여전히 무표정에서 흘러나오는 악마의 미소가 자리 잡고 있었다.

"아직도 우리가 어떤 사람들인지 모르는 모양이구나. 네가 하지 않으면 네가 사랑하는 사람들이 다친다. 네 여자 친구가 이 학교에 다니더군. 윤선이라고 했던가. 제법 예쁜 얼굴을 가졌더라."

"이… 미친."

"걔가 여러 놈에게 돌림빵당해서 사창가로 넘겨지는 꼴 보고 싶어?"

"으……."

"그년으로 안 되면 네 누나도 있지. 조카도 있고. 마음대로 해라. 오장육부를 꺼내서 모두 팔아버릴 테니까."

"난 절대 안 해. 내가 어떻게 살아왔는지 모르는 모양인데 그런 협박에 내가 넘어갈 것 같냐? 씨발, 마음대로 해봐."

"흐흥, 그러지. 하지만 말이다, 마음이 바뀌면 아라비안 지배인한테 연락해. 다시 한 번 말하지만 넌 싸워야 할 거다. 그리고 반드시 이겨야 해. 안 싸워도 죽고 져도 마찬가지다. 반드시 기억하도록."

놈들의 협박에 지고 싶지 않았다.

정말 더럽게 재수 없는 일에 끼어들었다는 사실이 미치도록 괴로웠지만 끝까지 버텨서 조폭들과의 악연을 끝내려 했다.

하지만 문득 걸려온 한 통의 전화는 그의 결심을 송두리째 무너뜨리기에 충분했다.

"강호야, 무서워. 나 좀 구해줘… 강호야… 악!"

전화통을 붙잡고 무슨 소리를 질렀는지 기억나지 않았다.

모든 걸 때려 부수고 싶을 정도의 분노. 그리고 후회…….

정말 이렇게까지 하리라고는 생각하지 않았다.

아무리 조폭 세계에 있는 놈들이라 하더라도 연약한 여자까지 납치한다는 건 있을 수 없는 일이라 생각했다.

놈들은 사람이 아니라 악마다.

다행스럽게 누나와 조카는 집에 있었지만 몸이 무섭게 떨려서 진정이 되지 않았다.

머릿속에서 수많은 생각들이 뒤죽박죽 섞이며 그를 괴롭혔다.

선아… 우리 선아.

여기서 자신이 조금만 더 고집을 부리면 윤선아는 그놈 말대로 강간을 당한 채 폐인이 되어 사창가로 팔려 갈지 모른다.

눈물이 솟구쳤고 입술이 바짝바짝 말라왔다.

냉정한 판단을 내리려고 노력했지만 마치 거미줄에 걸린 것처럼 다른 방법이 떠오르지 않았다.

　내가 어떻게 되든 일단 윤선아를 구하는 것이 무엇보다 중요했다.

제12장
싸움기계

　박강호가 복싱 체육관을 나가기 시작한 것은 윤선아가 돌아오고 난 다음 날부터였다.

　윤선아는 무슨 일이냐고 따져 물었지만 대답할 수가 없었다.

　조폭들과 얽혔다는 사실을 알게 된다면 그녀의 걱정은 어디까지 갈지 알 수 없을 것이다.

　윤선아를 돌려보낸 놈들의 협박 내용은 여전히 똑같았다.

　싸워라, 그리고 반드시 이겨라.

　시합에서 이기지 못한다면 윤선아는 물론이고 누나와 조카의 안전을 보장할 수 없다는 것이었다.

경찰에 신고를 할까 하는 생각부터 도피하는 것까지 안 해본 생각이 없었지만 결과는 언제나 똑같았다.

법은 멀고 주먹은 가깝다.

경찰에 신고해 봐야 아직 벌어지지 않은 일을 가지고 수사할 리는 만무했다.

권력자에게는 한없이 가까운 경찰이지만 없는 사람에게는 더없이 먼 것이 공권력이었다.

무서웠다.

자신으로 인해 사랑하는 사람들이 다친다는 것은 생각만 해도 끔찍한 일이었다.

그랬기에 미친 듯이 샌드백을 두들겼다.

한 번의 시합만 이기면 된다.

누군가를 상대로 또다시 싸움을 한다는 것이 진저리 나도록 싫었지만 어쩔 수 없다면 놈들의 요구대로 시합에서 이겨 이 올가미에서 벗어나고 싶었다.

복싱을 그만둔 것은 2년이 넘었지만 하루 3시간씩 로드워크과 섀도우, 줄넘기 등을 꾸준히 하자 체력이 급속하게 올라왔다.

박강호가 처음 체육관에 들어왔을 때 돌쇠 취급하던 관장이 직접 나와서 훈련하는 모습을 지켜본 것은 그만큼 그의 피지컬과 체력, 그리고 기술이 기가 막혔기 때문이었다.

물론 전문적으로 꾸준히 선수 생활을 하던 놈들에 비하면 체력과 경기 경험이 부족했으나 박강호에게는 묵직한 펀치력과 한번 기회를 잡으면 끝장을 보는 야수적인 본능이 있어 한 달이 지나자 체육관에서 그를 상대할 선수가 없었다.

관장이 욕심을 부렸다.

동네 체육관을 운영하면서 이런 괴물이 찾아온 것은 그에게 무지막지한 행운이 불쑥 찾아온 것이나 다름없었으니 어떻게든 박강호를 잡고 싶어 했다.

하지만 박강호는 약속된 한 달이 다가오자 단호하게 인사를 한 후 체육관을 떠났다.

원해서 한 운동이 아니었다.

사랑하는 사람들을 지키기 위해 어쩔 수 없이 나섰을 뿐이니 그가 원하는 것을 들어줄 수 없었다.

한 번, 단 한 번의 싸움만 이기면 이 고통은 모두 끝나게 된다.

김길환이 그를 데리고 간 곳은 영등포와 노량진의 경계선에 있는 허름한 창고였다.

오랫동안 방치되었던지 폐자재들이 여기저기 쌓여 있었지

만 창고 안은 깨끗하게 정리되어 있었는데 대충 봐도 100평은 넘어 보였다.

창고 문을 열고 들어서자 반대쪽에서 세 명의 사내가 다가왔다.

둘은 검은 양복을 입었고 뒤에 선 채 이쪽을 노려보는 놈은 면 티에 추리닝 바지를 입었다.

뒤에 선 사내는 키가 크지 않았다.

대신 완벽하게 균형 잡힌 몸매와 떡 벌어진 어깨가 눈에 들어왔다.

한눈에 봐도 놈이 자신과 싸울 상대라는 걸 눈치챈 박강호는 천천히 사내의 머리부터 발끝까지 살폈다.

충정파에서 내세울 정도라면 분명 굉장한 실력을 가졌을 게 분명했다.

복싱은 아니라는 생각이 들었다.

놈의 체형으로 봤을 때 상체가 발달된 것을 감안한다면 유도나 레슬링일 가능성이 컸다.

자신의 판단이 맞는다면 접근전은 절대 안 된다는 뜻이 된다.

잠시 동안의 침묵을 먼저 깬 것은 김길환이었다.

"뭐, 할 말도 별로 없을 테니 바로 시작하지. 어떠냐?"

"좋아."

"미리 약속한 대로 한 놈이 일어나지 못하면 그걸로 게임 끝이다. 추저분하게 깽판 칠 생각 하지 마!"

"좆까는 소릴 하는군. 앵앵거리지 말고 시작이나 해."

"이 씨발놈이!"

"그 새끼 성격은 여전하군. 너하고는 언젠가 한번 붙어보고 싶었다. 하지만 지금은 아니니까 성질 죽여."

김길환이 이빨을 드러내자 충정파의 이대훈이 가소롭다는 듯 웃음을 흘려냈다.

그러고는 천천히 뒤로 물러난 후 공간을 마련했다.

통성명도 없었고 인사도 하지 않았다.

서로를 쓰러뜨리기 위해 이곳에 왔으니 다른 어떤 것도 필요치 않았다.

마주 서자 사내의 기운이 느껴졌다.

강하다, 그리고 집요하다.

천천히 다가가 거리를 확보한 후 사내를 보자 싸움을 시작하기 위해 가드를 올리는 것이 보였다.

하지만 어설픈 자세가 예상처럼 접근전을 펼쳐 단숨에 승부를 보는 유도나 다른 무술을 익힌 게 분명했다.

너무 가까이 접근하면 위험하다는 것을 안 이상 어떠한 빌미도 마련해 줘서는 안 된다는 판단이 들었다.

윗옷을 벗은 것은 조금이라도 위험을 줄이기 위한 행동이 었다.

아웃복싱으로 상대의 접근을 차단할 필요가 있었다.

그랬기에 가드를 올린 상태에서 바깥으로 돌며 기회를 봤다.

이런 상대에게는 단 한 번의 충격으로 끝장을 보는 것이 최상의 방법이었다.

"야압!"

외곽으로 돌며 견제를 하자 긴장감을 이겨내지 못한 사내가 박강호의 품을 향해 뛰어들었다.

번개 같은 움직임.

하지만 박강호는 사이드스텝으로 빠져나가며 사내를 향해 왼손 스트레이트를 날렸다.

팍!

주먹이 정확하게 안면에 꽂혔다. 그러나 놈은 주춤했을 뿐 돌진을 멈추지 않았다.

피하면서 날린 주먹이지만 임팩트가 제대로 들어갔기 때문에 웬만한 놈은 충격을 받았을 텐데 맹수의 눈으로 집요하게 달려드는 걸 보면 맷집이 상당하다는 뜻이다.

더군다나 한번 움직이자 그 움직임이 무척 빨라 거리를 순식간에 좁혀왔다.

이런 놈에게는 백스텝이 치명적이기에 박강호는 좌우로 돌면서 연속으로 잽을 날렸다.

붙잡히는 순간 진다.

지지 않기 위해서는 잠시도 제자리에서 머물면 안 되고 놈의 균형을 빼앗는 주먹을 계속해서 날려야 했다.

싸움은 지루하게 이어졌다.

박강호는 피하면서 빠른 잽을 날렸고 사내는 따라붙으며 쓰러뜨리기 위해 안간힘을 썼다.

싸움의 전환점이 생긴 것은 아차 하는 순간에 박강호의 왼쪽 어깨가 사내의 갈고리손에 붙잡혔을 때였다.

위기.

박강호의 오른쪽 어퍼컷이 터진 것은 사내가 왼쪽 어깨를 잡은 후 다리의 균형을 무너뜨리려 할 때였다.

강력한 주먹이 놈의 턱을 흔들었다.

덜컥!

아무리 맷집이 좋아도 정확하게 들어간 주먹이 턱을 가격하자 왼쪽 어깨를 잡았던 손에서 힘이 풀렸다.

그때를 이용해 박강호가 뒤로 빠졌다가 앞으로 다가서며 좌우 스트레이트를 연속으로 날렸다.

순식간에 터진 연타.

계속해서 전진해 오던 놈이 주춤거리며 뒤로 물러선 것은 그만큼 충격을 받았다는 뜻이다.

그랬기에 박강호의 몸이 앞으로 따라 들어갔다.

좌우 복부에 눈부시게 빠른 주먹이 작렬했고 곧이어 숙여지는 놈의 머리를 향해 어퍼컷이 날아갔다.

피니시 블로라고 생각했지만 사내는 쓰러지지 않고 팔을 들어 올려 박강호를 끌어안으려 했다.

그러나 눈은 이미 풀려 거의 반쯤 정신을 잃은 상태였다.

미안하다, 하지만 쓰러져 다오.

다른 때 같으면 더 이상 펀치를 날리지 않았겠지만 박강호의 주먹은 사내를 향해 빗발처럼 쏟아져 나갔다.

맷집이 강하다는 것이 사내에게 오히려 불행이 되었다.

사내에게도 사정이 있었던 게 분명했다.

그토록 많은 주먹을 맞고도 쓰러지지 않기 위해 안간힘을 쓰는 걸 보면 그 역시 자신처럼 피치 못할 사정이 있는 것 같았다.

눈물이 나왔다.

누군가의 강압에 못 이겨 아무런 잘못도 없는 사람을 기절할 때까지 때려야 하는 자신이 너무나 미웠다.

싸움이 끝난 후 박강호는 김길환이 던져 준 돈을 받지 않았다.

더 이상 엮이고 싶지 않았고 다시는 놈의 얼굴을 보고 싶지 않았다.

하지만 악마들은 그를 그냥 내버려 두지 않았다.

똑같은 조건과 똑같은 협박.

놈들은 받지 않겠다는 박강호의 의지를 비웃기라도 하듯 누나네 집에 돈을 던져놓고 다음 시합 일정이 적힌 종이를 동봉했다.

놈들이 던져놓은 돈은 등록금을 내고도 남을 만큼 충분한 것이었다.

다시는 싸우지 않겠다고 다짐했지만 놈들의 협박은 무서울 정도로 질겼다.

6달 동안 벌어진 여섯 번의 싸움.

사랑하는 사람들을 지키기 위해서는 절대 지면 안 되었기에 최선을 다할 수밖에 없었다.

처음과는 다르게 충정파에서 내놓은 자들은 점점 강해져 박강호는 시합이 끝나면 피투성이가 되어 돌아와야 했다.

몸보다 아픈 것은 마음이었다.

몸이 만신창이로 변했지만 찢어지는 아픔은 가슴과 머리가 훨씬 컸다.

이대로 놈들에게 끌려다니는 자신의 운명이 불쌍했고 괴로움에 불면의 밤을 보내야 했다.

살아야 한다. 당당히.

그러기 위해서는 마지막 수단을 강구하는 수밖에 없었다.

그가 결단을 내린 것은 마지막 시합이 벌어지기 하루 전날
이었다.

"여기가 어디라고 찾아온 거냐?"

소파에 앉아 있는 윤필용의 독사 같은 눈이 지그시 박강호
를 노려봤다.

언젠가는 버려질 소모품이 자신을 찾아온 게 그는 마땅치
않은 모양이었다.

그러나 박강호의 눈은 독사 같은 윤필용의 눈을 피하지 않
았다.

"저는 이번 싸움을 끝으로 더 이상 싸움을 하지 않겠습니
다."

"네 마음대로 되지 않는다는 걸 잘 알 텐데?"

"압니다. 하지만 이제 싸우고 싶어도 싸울 수가 없습니다."

"이놈이, 농담을 하는군."

"다음 달이면 저는 해병대에 입대를 합니다. 그래서 드리는
말씀입니다."

"뭐라고……."

"보스를 구했고 병원으로 모신 저를 이런 구렁텅이로 빠뜨

리다니 너무한 것 아닙니까. 그동안 미치도록 괴로웠고 힘들었습니다. 사랑하는 사람들을 미끼로 협박한다는 것은 너무 치사한 일이었습니다."

"사람들은 우릴 보고 조폭이라 부른다. 조폭은 인정에 얽매이는 놈들이 아니다. 다만, 네가 내 동생이 된다면 널 이 올가미에서 꺼내주겠다. 그러니 이제 마음을 돌리는 것이 어떠냐?"

윤필용이 또다시 제안을 해왔다.

5번째 싸움이 끝났을 때 직접 시합을 참관한 윤필용은 박강호가 조직에 들어오기를 계속해서 종용했다.

그는 박강호의 귀신같은 싸움 솜씨에 반해서 어떡하든 조직원으로 영입하고 싶어 했다.

하지만 박강호의 대답은 언제나 똑같았다.

"절대 그런 일은 없을 겁니다."

"그렇다면 넌 계속해서 싸워야 한다."

"보스, 남자답게 제가 제안을 하나 하지요."

"크크… 제안이라고, 뭐냐?"

"피터지도록 싸우게 만든 원인이 비화의 한 달간 운영권 때문이라는 걸 잘 압니다. 저는 어차피 다음 달이면 군대를 가야 하니까 마지막 시합에서 끝장을 보는 게 어떻겠습니까. 보스께서 비화의 영구 운영권을 걸고 놈들에게 시합을 제시해

주십시오. 제가 반드시 이겨서 비화를 선물로 드리지요."

"푸하하하……."

박강호의 제안에 윤필용의 얼굴이 일그러지더니 점점 펴지면서 미칠 듯한 웃음이 새어 나왔다.

그런 후 천천히 얼굴에서 웃음을 지우며 특유의 독사 같은 눈빛으로 박강호를 바라봤다.

"자신 있나?"

"칠성파의 조직원들이 저를 보고 싸움기계라고 부르더군요. 반드시 이길 테니 걱정하지 마십시오."

"지면 죽는다. 그래도 할 테냐?"

"그땐 내 시신을 국방부 앞에 던져놓으십시오. 대신 조건이 있습니다."

"네가 간덩이가 부었구나. 조건을 내세우다니. 좋다, 뭐냐?"

"저는 가난한 놈입니다. 이번 시합을 이기면 군대 갔다 와서 마음껏 공부할 수 있도록 천만 원만 주십시오."

싸움 장소는 언제나 변했다.

지금까지 7번의 싸움을 했지만 장소가 같은 곳은 한 번도 없었다.

마지막 결전이 벌어진 곳은 노량진에 있는 정운고등학교의 강당이었다.

그동안 두 조직에서는 경찰의 눈을 피하기 위해 참관자를 최소로 했었는데 이번에는 꽤 많은 숫자가 강당으로 들어왔다.

칠성파에서는 윤필용을 비롯해서 두목급들이 다수 참여했고 충정파에서도 말로만 듣던 보스 망치가 조직원들의 호위를 받으며 나타났다.

망치는 중키에 다부진 체격을 지녔는데 얼굴에 구레나룻을 길렀고 이마가 불쑥 튀어나와 별명처럼 망치를 연상시키는 사내였다.

두목급들이 대거 나타난 것은 자신의 제안이 먹혔다는 것을 의미하는 것이었다.

비화의 영구 운영권이 결정 나는 자리라면 이렇게 떼거지로 몰려온 것도 이해가 되었다.

선수로 나온 상대를 확인한 박강호의 눈빛이 차분하게 가라앉았다.

싸움을 지속하다 보니 먼저 상대의 체격과 근육을 확인하는 게 버릇이 되었는데 이번 상대는 가늠이 되지 않을 만큼 묘한 기운을 뿜어내고 있었다.

전체적인 체격은 자신과 비슷했으나 기운이 달랐다.

나른하면서도 깊은 곳에서 뿜어져 나오는 칼날 같은 기운은 지금까지 싸워온 상대들과 근본적으로 다른 기세였다.

나이를 봐도 서른이 넘은 것처럼 보였고 얼굴에서 나타나는 무표정은 무슨 생각을 하는지 도무지 읽을 수 없게 만들었다.

충정파 측에서 자신에 찬 기대감이 나타난 건 눈앞에 서 있는 사내의 실력이 대단하다는 걸 의미하는 것이었다.

사내에게서 흘러나오는 압박감이 대단했지만 박강호는 가슴을 쭉 펴고 당당하게 걸어갔다.

싸움을 계속해 오면서 처음에 가졌던 불안감과 흥분은 이제 사라진 상태였고 가슴에는 오직 이긴다는 패기와 투지만이 남아 있을 뿐이었다.

"박강호라고 합니다."

"…싸움기계. 네 이야기는 많이 들었다. 나는 임무현이라고 한다."

"시작할까요?"

"이번이 마지막이라고 하더군. 조심해라, 난 지금까지 네가 싸워온 자들과는 다를 테니 말이다."

"걱정하지 않아도 됩니다. 난 목숨을 걸었으니 아무것도 두렵지 않습니다."

"어린 나이에 대단하구나. 왜 너를 싸움기계라고 부르는지 이제야 알겠다."

평온한 얼굴로 이야기를 하던 사내의 얼굴이 박강호의 마지막 말을 듣고 슬쩍 변했다.

죽음이 두렵지 않다.

말하기는 쉬울지 모르나 정말 그렇게 마음먹는다는 것은 절대 쉬운 일이 아니다.

사내의 얼굴이 변한 것은 박강호의 눈에서 그 말이 진심임을 알아냈기 때문일 것이다.

임무현은 온몸이 무기였다.

팔극권을 연마한 임무현의 손과 발은 한 번 내지를 때마다 뼈를 부러뜨릴 정도의 강력한 위력을 가지고 있었다.

지금까지 싸워온 자들과는 다를 것이라는 그의 말은 결코 허언이 아니었다.

쐐액.

강하다, 그리고 빠르다.

임무현의 돌려차기를 위빙으로 피한 박강호는 이를 악물고 뒤쪽으로 급히 물러났다.

옆구리와 어깨를 가격당하면서 몸이 불편해졌지만 위빙과 더킹, 그리고 사이드스텝과 백스텝을 연속으로 밟으며 결정적인 공격을 간신히 피했다.

하지만 결정적인 공격만 피했을 뿐 번개같이 치고 들어오는 주먹과 발차기에 조금씩 대미지를 입을 수밖에 없었다.

공격을 하고 싶었으나 권풍을 동반하고 들어오는 임무현의 주먹과 발차기에는 내력이 들어 있어 한 번 맞을 때마다 허파가 찢어질 것 같은 고통을 동반했기에 함부로 맞서기 어려웠다.

시간이 지날수록 몸은 엉망진창으로 변해갔다.

무서운 자다.

기공을 이용해서 찌르고, 베며 온몸을 무기 삼아 공격해 오는 임무현의 무력은 두려울 정도로 강했다.

그러나 박강호의 시선은 처음과 변하지 않은 채 상대를 주시하고 있었다.

나보다 강한 자를 상대하기 위해서는 단 한 번의 기회로 끝장을 봐야 한다.

기회가 찾아온 것은 다리를 향해 날아온 발차기를 피해 뒤쪽으로 물러설 때였다.

임무현은 박강호가 백스텝을 밟을 것이라 예상이나 한 것처럼 발차기를 중간에서 끊고 왼발을 축으로 날아올랐는데 오른손은 비수처럼 펼쳐진 상태였다.

그가 노린 곳은 박강호의 목줄기였다.

백스텝을 밟으면 박강호의 가드가 조금씩 내려온다는 것을 눈치챈 임무현은 이번 공격에서 끝장을 보려는 듯 맹렬하게 전진해 왔다.

하지만 그의 공격을 기다린 것은 박강호도 마찬가지였다.

몸을 비틀어 왼쪽 어깨로 공격을 받아낸 박강호의 오른쪽 스트레이트가 정확하게 임무현의 얼굴을 가격했다.

살을 주고 뼈를 부수는 공격.

왼쪽 팔에 극심한 통증이 느껴졌지만 임무현도 충격을 받았던지 비틀거리며 뒤로 물러서는 것이 보였다.

야수의 본능이 적의 허점을 놓치지 않았다.

박강호는 비틀거리는 임무현을 향해 전진스텝으로 따라 들어가며 옆구리를 향해 강력한 주먹을 터뜨렸다.

주먹에서 짜릿한 기운이 올라왔으나 임무현은 쓰러지지 않았고 오히려 비슷한 빠르기로 박강호의 가슴을 손바닥으로 밀어 쳤다.

"헉!"

숨이 막히는 고통.

역시 무서운 자다.

그 빠른 순간에 임무현은 반격을 노리고 있었던 모양이었다.

저절로 허리가 숙여졌고 멈춰진 숨으로 인해 얼굴이 시뻘겋게 달아올랐다.

그럼에도 눈을 들어 상대를 바라봤다.

이런 상태에서 후속 공격이 들어온다면 치명상을 입게 될 가능성이 컸기 때문이었다.

하지만 임무현도 자신의 복부 공격에 충격을 받았던지 옆구리에 왼팔을 댄 채 가쁜 숨을 몰아쉬고 있었다.

그 모습을 보자 저절로 이가 악물려졌다.

같은 고통, 같은 대미지를 입었다면 내가 이겨야 한다. 나는 이 싸움에 목숨을 걸었으니 절대 져서는 안 된다.

그랬기에 박강호는 임무현을 향해 전진해 들어갔다.

고통으로 인해 전진은 빠르지 않았지만 그것만으로도 옆구리에 충격을 받은 임무현을 압박하기에는 충분히 위협적이었다.

움직임이 둔화된 적을 사냥하는 법은 숨통을 죄어가는 것이 가장 좋은 방법이지만 지금은 아니었다.

자신이 멀쩡한 상태라면 모를까 같은 충격을 받은 상태라면 여기서 끝장을 봐야 했다.

개싸움이 시작된 것은 그때부터였다.

지금까지는 위력적인 적의 공격을 피하기 위해 스텝을 이용해서 싸웠지만 박강호는 다가간 상태에서 머리를 들이밀고 무차별적으로 주먹을 날렸다.

한 대 때리고 한 대 맞았다.

훅을 날리면 임무현의 팔꿈치 공격이 들어왔고 옆구리를

가격하면 무릎 공격이 올라왔다.

오직 적을 쓰러뜨리겠다는 투지로 무장한 채 전력을 다하자 천천히 무의식의 세계로 빠져들었다.

충격으로 인한 고통이 몸을 짓누를수록 그의 머리는 점점 냉철하게 변해갔다.

찢어질 듯한 고통은 반드시 이기겠다는 박강호의 신념을 넘어서지 못했다.

"허억… 허억!"

무릎을 꿇은 채 간신히 몸을 지탱하고 있는 박강호의 온몸은 피로 물들어 있었다.

얼굴은 엉망으로 변했고 왼팔은 추욱 늘어져 움직이지 않았다.

싸우는 내내 숨을 죽인 채 관전하던 윤필용이 조직원들을 이끌고 다가온 것은 충정파에서 의식을 잃고 쓰러진 임무현을 뒤쪽으로 옮기고 난 후였다.

그는 다가와 박강호의 앞에 섰는데 얼굴에는 감탄의 표정을 숨기지 못하고 있었다.

"정말 대단하구나. 네가 광호라 불리는 임무현까지 이길 줄은 정말 몰랐다."

"헉, 헉. 약속을 지킨다고 했잖습니까. 이제 보스께서도 저와의 약속을 지켜주십시오."

"그래야지, 그렇게 해주마."

"…고맙습니다."

너무나 쉬운 대답에 박강호의 음성이 떨려서 나왔다.

윤필용은 특유의 독사 눈빛으로 박강호를 바라보고 있었는데 그의 음성은 여전히 차갑게 가라앉아 있었다.

"정말 아깝다. 이런 실력을 가진 너를 동생으로 삼지 못하다니 내 인복이 부족한 모양이구나."

"……."

"그동안 미안했다."

"미안하다고요……? 정말 그렇게 생각하십니까?"

"이 새끼야, 난 네가 첫 싸움에서 졌다면 그냥 돌려보낼 생각이었다. 그런데 계속 네가 이기는 바람에 여기까지 왔던 거야. 그러니 날 너무 원망하지 마라."

"흐흐… 헉, 헉. 믿지 못할 말을 하는군요. 그런 사람이 내 여자 친구를 납치하고 누나와 조카를 죽이겠다고 협박했단 말입니까!"

"그게 우리가 살아가는 방식이다."

"말도 안 되는… 더럽군요. 정말 더럽습니다!"

"크크크… 맞는 말이다. 더럽지. 더러운 거 맞아. 하지만 그렇게 살지 않으면 우리가 사는 세계에서는 버텨낼 수 없다. 네가 어떻게 생각하느냐는 중요치 않아. 우리는 계속해서 이렇게 살 수밖에 없으니까."

"으……."

"강호, 너는 믿지 않겠지만 우리에게도 의리가 있고 고마움을 느끼는 감정이 있다. 너를 싸우게 만들 때마다 미안했으나 조직을 유지하기 위해 어쩔 수 없었다. 좆같이 들릴지 몰라도 나는 너에 대한 고마움을 한 번도 잊은 적이 없다. 종구, 그거 가져와!"

윤필용이 뒤쪽을 향해 손짓을 했다.

그러자 가죽 가방을 든 사내가 앞으로 다가왔다.

"여기에 너와 약속한 대로 천만 원을 넣었다. 그동안 싸운 수고비와 나를 구해준 값으로 치자."

사내에게서 가방을 받아 든 윤필용이 박강호의 앞에 던졌다.

그런 후 천천히 자리에서 일어나며 등을 보였다.

달라고는 했지만 정말 줄 줄은 꿈에도 생각하지 못한 거액이 눈앞에 떨어지자 고통으로 허리를 접은 상태에서도 박강호의 눈이 부릅떠졌다.

조폭들을 악마라고 여겼는데 막상 윤필용이 이렇게 나오자 의심을 넘어 허무하다는 생각마저 들었다.

그랬기에 뒤돌아 걸어가는 윤필용의 뒷모습을 이를 악문

채 지켜봤다.

그의 목소리가 강당을 울리며 들려온 것은 거의 문 앞에 도착했을 때였다.

"앞으로 너를 찾는 일은 절대 없을 것이다. 군대 잘 갔다 와라. 공부로 성공하고 싶다고 했지. 반드시 그렇게 해. 그래서 나 같은 놈들과 더 이상 엮이지 마라. 그래도 살면서 내가 필요한 날이 오면 그땐 언제라도 찾아와라. 네 부탁이라면 반드시 한 가지는 들어줄 테니까. 크크크!"

그동안 싸워서 이긴 보너스와 윤필용이 준 돈까지 합하자 거의 이천만 원에 달했다.

인생 참 우습다.

불과 일 년도 안 되어서 어마어마한 돈이 들어오다니 기가 막혀 말이 안 나왔다.

대학교 등록금이 불과 70만 원밖에 안 되었으니 이천만 원은 대학교 졸업 때까지 아무런 걱정 없이 공부할 수 있을 정도로 큰돈이었다.

싸우면서 미치도록 괴로운 시간을 보냈지만 등록금을 벌기 위해 안간힘을 쓰던 것을 생각한다면 정말 믿기 어려운 일이었다.

해병대에 자원입대하면서 학교에는 휴학계를 내놨기 때문

에 박강호는 몸이 어느 정도 추슬러지자 곧장 짐을 쌌다.

입대까지 남은 날짜는 불과 보름.

그때까지 집에 내려가 지낼 생각이었다.

윤필용이 약속을 했으나 조폭을 믿고 싶은 생각은 추호도 없었다.

될 수 있도록 놈들과 멀리 떨어져 있다가 소리 소문 없이 사라지고 싶었다.

삼백만 원을 떼어 내밀자 누나는 말도 못 하고 놀란 눈으로 박강호를 바라보기만 했다.

누나는 그가 다치고 들어올 때마다 눈물을 지으며 약을 발라주었는데 아무리 물어도 대답 없는 동생의 처참한 모습을 보면서 수많은 고통을 느꼈을 것이다.

미안했고, 불쌍했다.

가난을 안고 살면서도 다 큰 동생을 책임졌던 누나에게 그는 이렇게라도 고마움을 표시하고 싶었다.

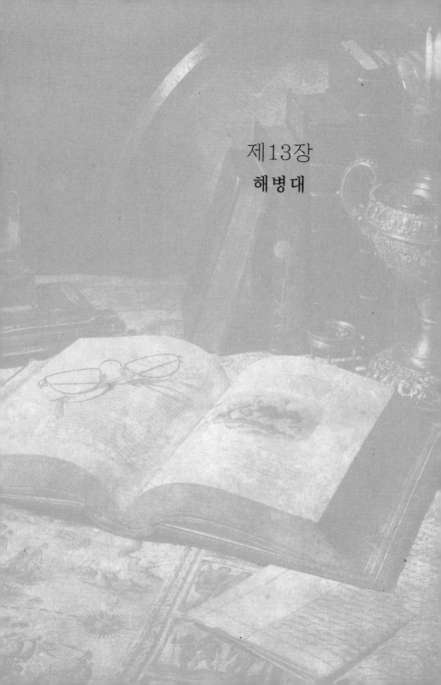

제13장
해병대

학교 앞 커피숍 '미란다'에 앉은 박강호는 창밖을 통해 들어오는 사람들의 모습을 봤다.

1월말의 극성스러운 추위는 사람들로 하여금 바쁜 발걸음을 만들어내고 있었다.

사람들… 사람들.

도대체 저렇게 많은 사람들은 어디를 향해 가고 있는 것일까.

수많은 상념이 머릿속에서 떠올랐다 사라져 갔다.

불과 2년이란 짧은 시간 속에서 그의 인생은 참으로 많은 변화를 겪었다.

괴로웠고 힘든 시간들.

남들처럼 부유한 환경에서 태어났다면 이런 고통은 없었을 것이다.

그럼에도 부모님을 원망하거나 스스로를 절망의 나락에 빠뜨린 적은 한 번도 없다.

최선을 다해 산다는 것을 잊은 적이 없기에 언제나 후회하지 않기 위해 모진 고통을 견뎌낼 수 있었다.

그러나, 한 사람.

윤선아를 만나고 사랑한 것은 너무나 후회가 되었다.

자신의 욕심으로 그녀를 힘들게 했고 험한 일마저 당하게 만들었다.

얼마나 힘들고 괴로웠을까.

나로 인해 느껴야 했던 그녀의 고통은 시간이 흐를수록 점점 커져 이제는 감당하지 못할 정도가 되었을 것이다.

윤선아는 좋은 환경에서 태어났고 힘든 일은 겪어본 적이 없는 여자였다.

그런 그녀가 자신으로 인해 불행해진다는 것은 절대 원하지 않는다.

무서웠다.

비록 조폭들이 다시는 괴롭히지 않겠다는 말을 했지만 언제 또다시 그녀를 볼모로 협박해 올지 알 수 없었다.

사귀는 동안 한 번도 행복하게 해주지 못했고 불행 속에서만 지내게 만들었으니 자신은 그녀의 세상에서 더없이 나쁜 남자다.

그래서 집으로 내려가기 전 그녀를 만나자고 했다.

어차피 군대를 가게 되면 3년이란 긴 시간은 그녀에게 또 다른 고통을 줄 것이다.

윤선아가 문을 통해 들어오는 것이 보였다.

분홍색 코트를 입은 채 조심스레 들어오는 그녀의 모습은 천사처럼 아름다웠다.

윤선아의 표정은 밝지 않았다.

박강호가 그녀를 만난 건 벌써 한 달 전의 일이었다.

조폭들로 인해 싸움을 시작하면서 만나는 횟수를 줄여 나갔기 때문에 그녀의 불안감은 점점 커져 가는 중이었다.

그럼에도 그녀는 박강호를 보자 미소를 지었다.

반가움을 숨기지 못한다. 바보처럼.

반대편에 앉은 윤선아는 어색함을 없애기라도 하듯 밝은 목소리로 말을 붙여왔다.

"차 아직 안 마셨지. 커피 마실까?"

"그래. 내가 시킬게."

그녀의 질문에 박강호가 종업원을 불렀다.

그는 그녀의 말에 대답을 했지만 목소리는 차분하게 가라 앉아 있었다.

종업원에게 커피를 시키는 동안 윤선아는 박강호의 얼굴을 슬쩍 바라본 후 고개를 돌렸다.

싸움이 끝난 지 10일이 지났음에도 그의 얼굴은 아직 붓기가 빠지지 않아 본래의 모습을 찾지 못한 상태였다.

상처를 입은 채 돌아왔을 때 처음에는 무슨 일이냐며 격렬하게 따지던 그녀는 박강호가 침묵으로 일관하자 서서히 지쳐가더니 이제는 묻는 것조차 꺼려했다.

많은 눈물.

그랬다, 그녀는 박강호를 만날 때마다 수많은 눈물을 흘려냈다.

혼자서 짐작하고 혼자서 아파했다.

거친 사내들에게 납치를 당한 이후부터 박강호는 전신에 상처를 입은 채 나타나곤 했다.

왜 그런지 알 수 없었으나 사랑하는 사람은 언제부턴가 싸움을 하는 것 같았다.

더 이상 싸우지 말라고 애원도 했고 간절한 마음으로 남모르게 교회를 찾아가 기도도 했다.

하지만 박강호의 얼굴은 언제나 엉망진창이 되어 나타났을 뿐이었다.

그럼에도 참을 수 있었던 것은 눈앞에서 자신을 애처롭게 바라보는 그를 사랑했기 때문이었다.

오늘 오랫동안 연락이 없던 박강호가 만나자는 연락을 해 왔을 때 알 수 없는 불안감에 몸을 떨었다.

그리고 그런 불안감은 자리에 앉은 후부터 점점 커져 갔다.

그랬기에 오히려 밝게 웃으려고 노력했다.

"우리 커피 마시고 맛있는 것 먹으러 갈까?"

"아니, 난 오늘 저녁차로 집에 내려가야 돼."

"왜?"

"선아야, 나 너한테 할 말이 있어. 그래서 만나자고 한 거야."

"뭔데… 말해봐."

"나 보름 후에 군대 가. 해병대에 지원했어."

"……."

"미리 말해주지 못해서 미안해."

박강호가 고개를 숙이자 윤선아의 손이 떨리기 시작했다.

불안감의 정체가 이것이었던가.

하지만, 이것만이라면 견딜 수 있다.

미리 말해주지 않은 것이 화가 나고 충격적이었지만 어차피 남자는 군대를 가야 하니까 이것이 다라면 견딜 수 있을 것 같았다.

보고 싶을 때 언제든지 면회를 가면 된다.

비록 3년이란 시간이 길다 해도 충분히 참고 견딜 만큼 그녀의 사랑은 깊었으니까.

그러나 박강호의 얼굴은 이것이 다가 아니라는 걸 알려주고 있었다.

"그동안 너한테 너무나 미안했다. 나 때문에 겪었던 많은 일들 전부 미안해."

"왜… 그런 말을 하는 거니?"

자신도 모르게 그녀의 목소리가 떨려 나왔다.

박강호의 눈은 한없이 흔들렸고 목소리는 무언가를 결심한 사람처럼 작지만 단호하게 흘러나오고 있었다.

"우리 헤어지자."

결국 원하지 않았던 말이 그의 입을 통해 그녀의 귀로 파고들었다.

자신도 모르게 이성을 잃어버렸다.

이유를 대라고 소리를 쳤으나 박강호는 아무 말도 없이 그저 침묵을 지켰기에 더욱더 미칠 것만 같았다.

차라리 다른 여자가 생겼다는 변명이라도 했다면 덜 슬펐는지도 모른다.

그러나 박강호는 슬픈 눈으로 그저 그녀를 바라볼 뿐이었다.

흐르는 눈물을 그녀는 닦지 않았다.

이 눈물을 닦으면 영원히 사랑하는 사람을 보지 못할 것 같았기 때문이다.

비틀거리며 커피숍을 빠져나가는 그녀의 뒷모습은 금방이라도 쓰러질 것처럼 흔들거렸다.

일어나고 싶었다.

그래서 그녀를 가슴 속에 끌어안고 싶었다.

하지만 이를 악물고 참아야 했다.

사랑이 모든 것을 포용하지 못한다는 것을 이제야 알았으니 그녀를 사랑한 날들이 너무나 후회스러웠다.

너의 행복을 위해 떠난다는 말은 그저 듣기 좋으라고 떠드는 말이라 생각했는데 막상 자신에게 닥치자 온몸으로 그 아픔이 전해져 왔다.

그래, 그런 거구나.

사랑조차 내 마음대로 되지 않는다는 걸 이제야 알다니 나는 정말 어리석다.

오랜 시간 이 순간을 준비해 왔지만 윤선아가 아파하는 모습을 보자 가슴이 찢어질 것처럼 괴로웠다.

그럼에도 그녀를 보낸다.

잘 가, 선아야.

그동안 너무나 고마웠고 사랑했다.

오래도록… 아주 오래도록 널 기억할게.

파란 대문을 열고 집으로 들어서자 장독대에서 된장을 푸던 어머니가 놀란 눈으로 뛰어왔다.

전화는 계속해서 드렸지만 집에 돌아온 건 거의 9개월 만이었다.

어머니는 박강호의 손을 잡은 채 반가움에 어쩔 줄 몰라 하셨는데 막상 아들의 얼굴을 보고는 걸음을 멈추었다.

"얼굴이 왜 그러니. 어디서 싸운 거냐?"

"아닙니다. 일하다가 넘어져서 부딪쳤어요."

"정말이지?"

"예, 대학생이 싸울 일이 뭐가 있겠어요."

"그래, 그렇다면 다행이고. 여보, 강호 왔어요!"

아들의 설명을 듣고 다행이란 듯 한숨을 내리쉬었지만 일하느라 다쳤다는 말에 어머니의 표정이 굳어졌다.

어머니는 아들이 오래도록 집에 내려오지 않은 이유를 안다.

입학금만 대줬을 뿐 아무것도 해주지 못했으니 아들은 등록금을 만들기 위해 밤이 되면 일을 한다는 걸 여러 번 전화로 들었다.

어머니의 외침에 방문이 열리며 아버지와 누나들이 나타났다.

가족들은 어머니와 똑같은 질문을 했지만 강호의 대답은 똑같았다.

방에 들어가 부모님께 절을 하고 난 후 자리에 앉자 밥을 먹지 못했다는 소리를 들은 어머니가 저녁을 차리기 위해 부엌으로 나갔다.

어머니는 여전히 끼니 걱정을 매달고 사신다.

방문 밖으로 어머니가 사라지자 아버지가 헛기침을 한 후 입을 열었다.

"오랜만이구나."

"예, 아버지."

"그동안 일하느라고 바빴다고 들었다."

"열심히 살았습니다. 그러다 보니 집에 자주 오지 못했습니다."

"그래, 수고했다. 그런데 왜 짐을 다가지고 내려왔어?"

"2학년을 마치면 군대를 가야 합니다. 그래서 해병대에 지원했습니다."

아버지는 박강호의 대답에 놀란 표정을 지었다.

막내아들이 갑자기 군대를 간다고 하자 믿기지 않는다는 얼굴이었다.

하지만 아버지는 곧 놀란 표정을 지우고 천천히 말을 이었다.

"…그렇구나. 그래, 언제 가는 거냐?"

"다음 달 12일입니다. 이제 보름 남았습니다."

"허어, 이놈아!"

이번에는 탄식에 가까운 신음 소리를 흘려냈다.

위로 아들 둘을 군대에 보냈으니 막내아들이 군대를 간다는 사실은 놀라움 속에서도 받아들일 수 있었으나 불과 보름밖에 남지 않았다는 소리를 듣자 목소리가 커졌다.

그리고 금방 표정이 새카맣게 어두워져 갔다.

18살에 결혼해서 나이 36살에 박강호를 봤으니 금쪽같은 새끼였다.

어려서부터 총명해서 다른 자식들과 다르게 물고 빨며 키웠다.

하지만 박강호가 점점 커나가면서 다른 자식들과 똑같이 대할 수밖에 없었다.

없는 형편에 막내아들만 편애한다는 것은 말도 안 되는 일이었기 때문이었다.

그럼에도 대학에 보내놓고 한시도 마음 편한 날이 없었다.

갖은 고생을 다 해봤기에 박강호가 험한 세상을 헤쳐 나가기 위해 서울에서 얼마나 고통스럽게 살고 있을지 충분히 짐작이 갔다.

그럼에도 도와주지 못했다.

돈이 없다는 것은 아버지로서의 의무와 책임마저 눈 돌리게 만들 만큼 처참한 것이었다.

아버지는 박강호에게 호통을 친 후 아무 말도 없었다.

대신 누나들이 나서서 무심한 동생을 혼냈다.

그러나 목소리가 날이 서 있지 못했고 눈은 이미 촉촉하게 가라앉아 금방이라도 눈물이 흐를 것 같았다.

가족들은 박강호가 밥 먹는 모습을 보며 말을 아꼈다.

어머니는 뒤늦게 막내아들이 보름 후에 군대 간다는 소리를 들었지만 잠시 동안 아들을 바라보기만 했을 뿐 반찬을 집어주며 배고픔을 면하게 하는 데 집중했다.

밥상을 물리고 안방에 모든 가족이 모였을 때 박강호는 짐에서 주섬거리며 돈을 꺼냈다.

오늘 은행에서 찾아왔기에 금방이라도 손을 벨 것같이 날이 선 백만 원짜리 수표 4장과 만 원권 한 다발이었다.

5백만 원.

갑자기 박강호가 거액의 돈을 내밀자 아버지의 눈이 휘둥그레 커졌다.

"이게 뭐냐?"

"제가 2년 동안 모은 돈입니다."

"네가 뭘 해서 돈을 모아. 등록금 내기도 힘들었을 텐데!"

"서울에는 부자들이 많아요. 그런 집 자식들을 가르치면 한 달에 백만 원씩 줘요. 그래서 저는 서울에 있는 동안 잘 먹고 잘 살았어요. 아직 집을 담보로 빌린 돈 갚지 못하셨잖아요. 이걸로 갚으시고 아버지, 어머니 드시고 싶은 거, 하고 싶었던 거 마음껏 하세요."

"어허……"

아버지의 눈은 믿지 못하는 눈치였다. 일하다가 넘어져서 얼굴을 다쳤다는 놈이 갑자기 과외를 해서 돈을 벌었다고 하자 안색이 흐릿해졌다.

막내아들이 서울에서 무슨 일을 하는지 들은 적이 한 번도 없다.

계속해서 물었지만 그저 잘 있고 공부 열심히 한다는 말만 했을 뿐 저에 대해서는 시시콜콜 이야기를 하지 않았다.

그럼에도 따져 묻지 못했다.

아무것도 해주지 못했다는 자괴감에 언제나 끝까지 추궁할 수 없었다.

그런데 이런 거액을 내놓으니 자신도 모르게 가슴 깊은 곳에서 한숨이 몰려나왔다.

박강호의 말대로 집을 담보로 빌린 돈은 아직까지 갚지 못한 상태라 매달 꼬박꼬박 이자를 내고 있는 상태였다.

빚을 갚을 수만 있다면 형편이 훨씬 좋아질 수 있으나 그는 선뜻 아들이 내민 돈을 가슴에 품지 못했다.

어떤 돈인지는 모른다.

하지만 아들을 언제나 믿었으니 분명 잘못된 돈은 아닐 것이다.

"군대 갔다 오면 학교를 다녀야 하는데 이 큰돈을 다 주면 넌 어쩔 생각이냐. 백만 원만 있으면 빚을 갚고 네 어미 맛있는 거 실컷 사줄 수 있으니 나머지는 은행에 넣으마."

"그러지 않으셔도 됩니다. 제가 알뜰하게 살아서 돈을 꽤 모아놓았어요. 그러니까 그냥 쓰셔도 돼요."

15일이란 시간은 화살처럼 지나갔다.

오랜만에 집에 와서 마음 편히 지내자 마치 천국에 온 것 같았다.

어머니가 끓여주시는 된장국은 세상에 있는 어떤 훌륭한 음식보다 더 맛있었고 가족들과 나누는 대화는 정이 흘러넘쳐 언제나 가슴이 따뜻해졌다.

보름 동안 불알친구인 유한상을 다섯 번이나 만났다.

놈은 그와 함께 사춘기를 같이 보냈고 마천공고에서 블랙서클을 이끌며 C시를 평정했으며 언제나 고민을 털어놓았던 둘도 없는 친구였다.

놈과 술을 마시며 다른 누구에게도 하지 못했던 자신의 이
야기를 했다.

지난 2년간의 이야기를······.

그동안 참고 참았던 눈물이 유한상의 앞에서 봇물처럼 터
져 나왔다.

어떤 사람에게도 보이지 않았던 눈물.

고통스러웠던 삶. 아름다웠지만 끝내 보내줄 수밖에 없었
던 사랑. 그리고 조폭들의 덫에 걸려 삶이 황폐해졌던 것까
지.

유한상은 박강호의 이야기를 들으며 끝내 주르륵 눈물을
흘렸다.

자신 역시 유복한 환경에서 자란 것은 아니었으나 박강호
의 인생은 정말 한스러울 정도로 힘든 것이었다.

그러나 어떤 위로도 해줄 수가 없었다.

어떤 말로도 박강호의 힘들었던 삶을, 앞으로 펼쳐질 그의
험난한 여정을 위로할 수 없기 때문이었다.

그랬기에 유한상은 그저 박강호의 손을 잡고 안타까운 눈
물을 흘려낼 수밖에 없었다.

입대 전날 머리를 밀었다.

거의 대머리로 보일 정도로 머리를 깎아서 거울을 보자 마

치 다른 사람처럼 느껴질 정도였다.

입소 장소인 포항까지는 무려 7시간이나 걸렸기 때문에 전날 출발해야 했다.

머리를 깎고 유한상과 같이 집으로 들어오자 어머니와 일 나가셨던 아버지가 와 계셨다.

같이 마지막 점심을 먹었다.

자신을 바라보는 부모님의 애잔한 모습을 보자 목이 메었지만 끝내 참고 견뎠다.

그러나 마지막 이별을 하기 위해 절을 할 때는 기어코 눈물이 새어 나왔다.

그동안 꿋꿋이 버텨오던 어머니의 사슴 같은 울음소리는 아들의 인내를 무너뜨리고 눈물을 흘리게 만들어 버렸다.

"아버지, 어머니. 잘 다녀올게요."

"그래. 잘 다녀와. 몸조심하고. 알았지?"

"예."

부모님은 대문까지만 따라 나오셨고 더 이상 걸음을 하지 않았다.

그러나 걸음을 옮기지 않았을 뿐 그 자리에 망부석이 되어 오랫동안 박강호의 뒷모습을 지켜보았다.

점점 멀어지는 아들의 모습을 바라보는 아버지와 어머니의 얼굴에는 걱정과 한숨, 그리고 눈물이 가득 들어 있었다.

교육대로 들어가는 문이 보이자 박강호는 걸음을 멈추고 유한상을 바라봤다.

놈은 이별의 아쉬움을 떨쳐 버리지 못하고 안타까운 눈으로 자신을 바라보고 있었다.

"고맙다, 여기까지 와줘서."

"몸 건강히 잘 지내. 나도 다음 달이면 군대를 가서 면회는 못 올 것 같다. 우리 나중에 다시 만나면 진하게 술이나 한잔하자."

"그래, 이젠 가라. 지금 가도 저녁 늦게야 도착하겠다."

"들어가는 거 보고."

유한상은 먼저 움직이지 않았다.

친구의 마지막 모습을 끝내 보고 싶었던 모양이었다.

그랬기에 박강호는 밝은 웃음을 지은 채 등을 돌려 교육대의 정문으로 향했다.

걸어가는 동안 수많은 이별의 장면이 눈으로 들어왔다.

아들을 보내는 부모님의 눈물과 사랑하는 남자와 헤어지는 여자들의 오열이 여기저기서 흘러나오고 있었다.

아픈 모습들.

가슴속에 담아 있는 사람을 보내는 것은 보는 사람조차 가슴을 먹먹하게 만든다.

한동안 걸어가다 뒤를 돌아보자 유한상이 여전히 같은 자리에서 손을 흔드는 것이 보였다.

놈은 마주 손을 흔들어주자 바보같이 웃으며 뭐라 소리를 질렀다.

거리가 멀어서 무슨 소리를 하는지 알아들을 수 없었으나 놈의 표정만으로도 느낄 수 있었다.

잘 다녀오라는 그 마음을……

해병대의 교육은 6주간으로 이루어졌다.

제식훈련과 각개전투, 그리고 총검술이 끝나면 5주 차부터 해병대의 눈물이라고 불리는 극기 주 훈련으로 들어간다.

어떤 극한 상황에서도 살아남기 위한 야간극기훈련, 각개침투훈련, 참호전, 천자봉행군 등 해병 특유의 강한 훈련들이 배치되기 때문에 5주째 훈련을 신병들은 지옥이라 부르기도 했다.

마지막 6째주는 군사기초와 교육사열을 통해 전투 능력을 집중적으로 향상시키는데 이때 주특기 분류가 이루어졌다.

박강호의 인생은 해병에 들어와서도 꼬였다.

주특기 분류가 되던 날 마구잡이식 번호표에 의거해 줄을 섰는데 그의 앞에는 키가 난쟁이 똥자루만 한 놈이 서 있었던 것이다.

그것이 화근이었다.

주특기를 분류해 주던 교관 옆에서 짙은 선글라스로 눈을 가리고 있던 사복의 사내는 박강호를 보자마자 성큼성큼 다가왔는데 조금의 망설임도 없었다.

단단한 체형의 사내였다.

"좋군, 꽤 좋아."

사복 사내의 선택으로 박강호의 이력에 적힌 주특기 분류 번호는 '050'이었다.

같은 내무반을 쓰던 동기 놈들은 아무도 이것의 정체를 알지 못했고 심지어 교육 교관들도 알려주지 않았기 때문에 그 번호가 여군 조교라고 우겨대는 놈들까지 생겨났다.

하지만 그토록 비밀스럽던 정체는 수료식이 끝나는 날 너무나 쉽게 드러나고 말았다.

해병 헌병.

분류 번호가 헌병이라는 소리를 교관에게 듣는 순간 같이 훈련받던 동기 놈들의 얼굴이 하얗게 질렸다.

헌병의 악명에 대해서 너무나 잘 알고 있기 때문이었다.

해병대의 훈련이 전군에서 가장 강하다고 알려져 있지만 그 중에서도 특수수색대나 특경대, 헌병대의 실전 훈련 강도는 상상을 초월할 정도라는 소문이 자자했다.

해병 헌병의 훈련 강도는 일반 해병의 2배에 달할 만큼 무시무시했다.

군기를 강화시키는 본연의 임무를 완수하기 위해서는 더욱 큰 고난을 겪어야 된다는 철칙이 적용되면서 헌병의 훈련은 시간이 갈수록 강화되어 특수수색대와 어깨를 나란히 할 정도로 무시무시했다.

거기에는 전쟁이 났을 경우 마지막까지 남아야 한다는 헌병의 숙명적인 임무가 있기 때문이다.

아군을 모두 철수시키고 마지막에 남아 적 주력의 진공을 완화시켜야 하는 헌병의 임무는 죽음을 담보로 하는 것이었다.

그랬기에 동기들은 박강호를 안타까운 눈으로 바라보며 위로를 해줬다.

6주 동안 같이 훈련받으며 생사고락을 같이 한 친구가 지옥으로 들어간다는 사실은 연민과 동정을 불러일으켜 그들의 마음을 더없이 불편하게 만들었다.

그러나 박강호는 그들의 위로를 들으면서도 여전히 밝게 웃었다.

해병에 들어오면서 어떠한 고난과 고통이 앞을 가로막아도 항상 웃으려 노력했다.

신병 훈련은 힘은 들었지만 조폭들의 싸움을 대신 하면서 거의 1년 동안 무지막지한 트레이닝을 했었기 때문에 충분히 견뎌낼 수 있었다.

그런 마당이었으니 두려울 게 아무것도 없었다.

아무리 힘들고 괴로워도 그가 겪어야 했던 일들에 비한다면 아무것도 아니기 때문이다.

해룡부대로 배정받은 박강호는 더블백을 들고 60트럭에 올라탔다.

같이 배정받은 인원은 60명 정도 되었지만 부대가 달랐기 때문에 가면서 점점 인원이 줄어들었다.

단 하나.

1사단 헌병대에 차출된 인원은 오직 박강호 한 명뿐이었다.

부대 정문에서 박강호가 하차하자 기다렸다는 듯 교관 옆에 있던 선글라스 사내가 다가왔다.

도대체 정체를 알 수 없다.

군인이라면 해병 특유의 계급장이 달린 군복과 모자를 써야 되는데 그는 오늘도 여전히 사복을 입고 있었다.

"왔냐. 따라와라."

정체를 알아야 경례를 할 텐데 상대가 누군지 모르니 어떻게 대해야 될지 답답했다.

하지만 사내에게서 흘러나오는 기세와 여유로움은 박강호

를 위압하기에 충분한 것이었다.

주춤거리며 따라가자 사내는 박강호를 행정반으로 끌고 들어갔다.

"필승!"

책상 앞에 앉아 있던 시커먼 얼굴의 상병이 사내가 문을 열고 들어서자 기겁을 한 것처럼 일어서며 경례를 붙여왔다.

그는 사내를 무척 두려워하는 것 같았다.

"김 상병, 이놈 서류 작성할 것 있지."

"예, 있습니다."

"그럼, 작성시키고 오늘은 내무반에서 쉬게 해. 청무는 어디 있나?"

"아마, 순찰 나가 있을 겁니다."

"들어오는 대로 내 방으로 오라고 해. 그럼 난 간다. 일 봐라."

김만수 상병이 요구한 대로 서류를 작성한 박강호는 도저히 궁금증을 참지 못하고 입을 열었다.

"질문이 있습니다."

"이 새끼 봐라. 여기가 어디라고 주둥이를 놀려. 죽고 싶나?"

"죄송합니다."

박강호가 즉시 입을 닫았다.

하긴 이제 막 전입 온 신병 주제에 하늘 같은 상병을 향해 질문을 했으니 맞아 죽어도 할 말이 없다.

그랬기에 불안한 눈으로 고개를 내리 꺾었는데 눈을 부라리던 김만호의 얼굴에서 슬쩍 웃음이 떠올랐다.

"말해봐. 질문이 뭐냐?"

"방금 나가신 분이 누구신지 알려주십시오."

"뭐야, 지금까지 저분이 누군지도 모르고 따라온 거냐. 널 차출한 것도 저분이지 않았나?"

"그렇습니다."

"저분은 조사계의 정 중사님이시다. 해룡의 저승사자라고 불리지. 정 중사님한테 걸리면 어떤 사람도 무사하기 힘들다."

김만호의 설명에 따르면 정 중사는 헌병대에서도 특수 병과인 조사계의 선임하사라고 했다.

조사계는 해룡부대에서 발생하는 각종 범죄를 조사하고 분석하며 관장하는데, 사회로 봤을 때는 검찰과 비슷한 역할을 하는 조직이었다.

"넌 인마, 좆됐어. 무슨 이유인지 모르지만 정 중사님이 널 찍었으니까 조사계로 가게 될 거다. 불쌍한 놈."

박강호는 더블백을 들고 내무반으로 들어가며 큰 목소리로 경계를 했지만 메아리만 울려 퍼졌을 뿐이었다.

내무반은 텅 비어 있었고 오직 빼치카 옆에 이불 더미만 덩그러니 깔려 있을 뿐이었다.

아무도 없다는 생각에 긴장이 풀렸다.

부대에 들어온 후부터 바짝 긴장한 상태로 있었기 때문에 온몸이 저릿저릿할 정도였다.

만나는 사람마다 경례를 붙였고 온힘을 다해 구호를 질렀더니 목이 다 꺼칠거렸다.

그랬기에 슬그머니 문 옆에 더블백을 놓고 침상에 엉덩이를 내려놓았다.

그때 이불 더미가 꿈틀거리며 움직이며 사람의 머리가 나타났다.

너무 놀라 벌떡 일어났을 때 다행스럽게 꿈틀거리던 머리가 뒤늦게 눈을 떴다.

"넌 뭐냐?"

"예, 이병 박강호! 이번에 전출된 신병입니다!"

"인마, 귀 아프니까 살살 말해. 신병이라고?"

"그렇습니다!"

작게 말하라 했어도 절대 작게 말할 수 없었다.

사내의 가슴에 달린 작대기 네 개는 그가 병장이라는 것을 알려주는 것이었고 더군다나 파란 견장은 그가 상당히 높은 위치에 있다는 것을 알려줬기 때문이었다.

"그놈 참. 알았으니까 거기서 쉬고 있어. 대신 다른 애들 들어오면 조금 작게 인사해. 나 잠 좀 더 자게. 알았지?"

"예, 알겠습니다!"

뒤늦게 명찰에 적혀 있던 이름을 확인했다.

말년 병장 선병우.

나중에 알았지만 전역을 불과 한 달 남긴 선병우는 모든 임무에서 열외되어 내무반에서 자는 게 일인 사람이었다.

불과 3살 차인데도 선병우는 신병인 박강호의 눈에는 마치 인생 다 산 노인네처럼 보였다.

이것이 군대인 모양이다.

사람의 눈을 바꾸고 행동을 바꾸고 마음을 바꾸게 만드는 군대의 힘은 정녕 불가사의할 정도였다.

시간이 지나자 내무반으로 임무를 나갔던 선임들이 하나둘씩 들어왔다.

그때마다 벌떡 일어나 지랄을 해야 했다.

어떤 놈은 무시했고 어떤 놈은 시비를 걸어 박강호의 마음을 한없이 불편하게 만들었다.

몸은 힘들지 않았으나 마음은 지옥길을 걸어가는 것처럼 불편했고 어두웠다.

그런 그를 구해준 것은 박강호를 이끌고 온 정 중사였다.

그는 여전히 사복 차림이었는데 내무반으로 들어서자 박강호를 향해 이빨을 드러냈던 선임들이 동시에 자리를 박차고 일어나 경계를 붙였다.

인사를 받는 듯 마는 듯.

정 중사의 눈은 오직 박강호를 향하고 있었다.

"잘 들어라. 이놈은 오늘부터 내 식구다. 따라서, 아침저녁 점호는 열외며 어떤 훈련도 받지 않는다. 함부로 구타를 하거나 얼차려를 준다면 어떤 일이 있어도 그냥두지 않을 테니 알아서 하도록!"

제14장
폭발

헌병대는 순찰병, 행정병, 운전병 등으로 구성되었고 조사계는 굳이 분류하자면 행정병에 가까웠다.

헌병대의 주력은 대부분의 인원을 차지하는 순찰병이었는데 그들은 행정병과 운전병을 인간 취급조차 하지 않는 아주 못된 관습을 유지시켜 왔다.

낮은 계급을 가진 놈들이 행정병과 운전병의 선임들을 깔고 뭉개는 전통이 이어져 내려왔고 순찰병 고참들은 수시로 집합을 걸어 행정병 요원들을 구타했다.

그럼에도 행정병과 운전병들은 제대로 반항을 하지 못하고 순찰병들의 눈치를 볼 수밖에 없었다.

워낙 인원수에서 차이가 났기 때문에 잘못하면 집단으로 린치를 당하는 경우가 많았다.

순찰병들은 근무를 나가게 되는 순간 고참이나 신참 모두 병장 계급장을 달았다.

군기를 강화하기 위해 순찰을 나가면서 이병이나 일병 계급장을 달고 나갈 수 없다는 게 이유였다.

행정병과 운전병을 우습게 알기 시작한 배경에는 그런 마이가리 계급장이 원인으로 작용되었는지도 모른다.

하지만 조사계만은 그런 관습에서 어느 정도 벗어나 있었다.

그들이 하고 있는 일들은 순찰병이 시행하는 것보다 훨씬 위험했고 힘들었기 때문이었다.

조사계에 소속된 해병은 단 셋에 불과했다.

그들의 임무는 군탈 방지 및 사고 처리, 범죄 발생 시의 조사 및 처벌 등이었기 때문에 온갖 위험에 노출되는 특수성이 있었다.

더군다나 두 명의 선임하사와 조사계장이 거의 아침부터 저녁까지 같은 사무실에서 일했기 때문에 헌병대의 대부분을 차지하고 있는 순찰병들도 조사계를 건드리기 어려워했다.

전입 다음 날 조사계 사무실 안으로 들어서자 부리부리한 눈을 가진 해병이 박강호를 노려보았다.

"지금 몇 신데 이제야 기어 나와. 이놈이 첫날부터 군기가 빠져서… 앉아, 일어서. 앉아, 일어서……."

순찰병 선임들의 계속되는 심부름으로 인해 어쩔 수 없었다는 변명은 아예 할 생각조차 하지 못했다.

양쪽으로 배치된 책상 중 두 번째 책상에 다리를 편하게 올려놓은 그는 눈을 맞출 생각조차 없다는 듯 구령만 붙이며 박강호를 괴롭혔다.

계속되는 얼차려.

처음에 약했던 얼차려는 점점 난도를 올려가더니 나중에는 사방 쪼그려뛰기까지 넘어갔다.

거의 삼십 분에 넘어가자 몸에서 땀이 흐르기 시작했다.

선임의 구령이 끝난 것은 그의 의도에 의해서가 아니라 걸려온 전화 때문이었다.

전화가 걸려오자 그는 담배를 빼어 물고 불을 붙이더니 앞에 있는 타자기를 앞으로 끌어당겼다.

그런 후 전화기를 귀에 걸고 엄청난 속도로 손가락을 움직이기 시작했다.

상대방이 읽어주는 것을 그대로 종이에 옮기는 불가사의한 능력.

과사무실에서 일하는 누나가 타자기를 치는 걸 본 적이 있었지만 선임의 타자 능력은 상상을 넘어설 정도로 빨랐다.

얼마의 시간이 지났을까.

선임은 거의 20장에 달하는 종이를 앞에 놓고 분류를 하기 시작했는데 한번 타이핑을 할 때 먹지를 중간에 깔아서 똑같은 내용을 한꺼번에 여러 장 만드는 것 같았다.

선임이 박강호를 의자에 앉힌 것은 사무실에 들어온 지 한 시간이 다 되었을 때였다.

"박강호!"

"예, 이병 박강호!"

"나는 네 사수다. 이름은 박진수고 계급은 상병이다. 다음 달에 진급을 하니까 곧 병장이 되겠구나."

"……."

"네가 지금 눈으로 본 것이 아침에 벌어지는 우리의 일상이다……."

박진수의 설명은 간단했지만 상당히 어려운 것이었다.

아침 7시까지 해병사령부에서 전날 사고 발생에 대한 전통을 받아 사단장과 부사단장, 헌병대장, 그리고 대대장들에게 날려줘야 하는 일이었다.

첫 만남에서 박강호에게 내려진 그의 요구는 아주 간단했다.

더 이상 이 일을 자신은 하고 싶지 않으니 한 달 이내에 전통을 받아 쓸 수 있을 정도로 타자 능력을 확보하라는 지시였다.

　생전 처음 접하는 타자기.

　사람은 불가사의한 초능력을 발휘하기도 한다던데 박강호에게는 타자 능력이 그런 것이었다.

　처음에는 손가락이 제멋대로 놀았고 수시로 오타를 내면서 지렁이 기어가는 것처럼 느렸던 타자기가 한 달이 넘자 박강호의 손가락에 의해 미친 듯 움직이기 시작했다.

　아침부터 저녁까지 오로지 타자기에 매달렸다.

　아직 박진수가 하는 것처럼 전화기에서 속사포처럼 부르는 전통을 처리할 정도는 되지 않았지만 한 달이 넘어가자 보지 않고도 칠 수 있을 만큼 그의 타자 능력은 눈부시게 빨라졌다.

　그럼에도 칭찬은 받지 못했다.

　박진수는 심심할 때마다 옆으로 다가와 습득 능력이 늦다며 잔소리를 해댔는데 처음과는 다르게 얼차려나 구타는 전혀 하지 않았지만 수시로 협박을 멈추지 않았다.

　박진수는 짐승들이 득실거리는 내무반으로 박강호를 가급적 보내지 않았다.

심부름도 보내지 않았고 절대 점호에 들어가지 않도록 했으며 순찰병 선임들이 모두 잠이 드는 시간대나 되어서야 박강호를 옆에 끼고 들어갔다.

그런 세월이 7개월 흘렀다.

그동안 박강호는 박진수의 전통 보고서 임무를 인계받았고 각종 조사 보고서를 비롯해서 사고 발생 해병들에 대한 상부 이관, 입창 등의 업무를 담당했다.

군대라고 여겨지지 않을 만큼 조용하게 보낸 시간들이었다.

하지만 그것은 조사계 사무실에서나 한정된 이야기일 뿐 헌병대의 분위기는 점점 바뀌어가고 있는 중이었다.

조사계를 건드리지 못하도록 순찰병들을 단속하던 정 중사가 다른 부대로 전출을 갔고 박진수마저 제대하자 순찰병들의 행동이 안 좋은 쪽으로 점점 변해갔던 것이다.

그동안 박강호는 순찰병들 사이에서 '갓난아기'라는 별명이 붙었다.

박진수는 선임병의 의무를 다하면서 박강호가 순찰병들에게 당하지 않도록 마치 어린아이처럼 보호했기 때문이었다.

사람인 이상 사무실에만 있을 수는 없다.

화장실도 가야 하고 밥도 먹어야 되었으며 심지어 휴일에는 외출도 나가야 했다.

그때마다 순찰병 선임들은 언젠가 손을 보겠다는 소리를 해대며 박강호를 위협했고 심지어 새로 들어온 후임 놈들까지 부딪칠 때마다 비웃음을 날려대는 일이 빈번하게 발생했다.

가소로웠지만 참았다.

군대에 와서까지 사고를 치고 싶지 않았다.

인내와 희생.

이 두 가지만 있으면 인생에서 가장 기억할 수 있는 해병 생활을 할 수 있을 거란 교관의 말을 믿었다.

하지만 여전히 삶은 그의 뜻대로 움직이지 않았다.

문제는 그를 친동생처럼 여기며 보호하던 박진수가 제대를 하고 나서 본격적으로 발생했다.

조사계에서 같이 근무하는 또 다른 선임 김춘호는 30살에 입대한 특이한 사람이었는데 부처님 가운데 토막 같은 성격을 가졌고 자신의 임무 이외에는 어떠한 일에도 관심 없는 사람 이었기 때문에 박강호에 대해서 조금도 신경을 쓰지 않았다.

조사계의 선임이 김춘호가 되면서부터 순찰병들의 시비는 노골적으로 변했다.

"어이 갓난아기. 밥 먹으러 가나?"

점심시간이 되어 식당으로 가는 길에 세 놈이 나무 밑에서 이죽거리며 말을 붙여왔다.

놈들은 순찰병으로 들어온 동기들이었는데 박강호보다 한 달 반이 늦은 놈들이었다.

같은 순찰병이었다면 절대 해서는 안 되는 짓을 놈들은 서슴없이 해댔다.

군대에서 한 달 반이라면 선임도 한참 선임이었지만 행정병들에 대한 선입감과 순찰병 고참들의 지시로 인해 놈들은 박강호의 기수가 높다는 걸 인정하지 않겠다고 공언한 상태였다.

군인도 사람이고 해병 역시 사람이다.

어려서부터 귀신 잡는 해병이란 말을 수도 없이 들으며 커왔다.

해병은 그만큼 용맹하고 정의롭다는 것이라 믿었고 그랬기에 한숨의 고민조차 없이 해병대에 지원할 수 있었다.

그런데 막상 전투부대가 아니라 헌병대에 와서 근무를 해보니 듣고 믿었던 것과는 천양지차로 많은 것들이 실망스러웠다.

군대에 들어오기 전 조폭들과 엮이며 싸움기계라는 별명까지 얻은 박강호였다.

놈들의 가소로운 눈빛이 역겨웠음에도 참고 견뎌내려던 것은 다시는 주먹을 쓰지 않겠다는 스스로의 다짐과 군대에서 마저 오점을 남기고 싶지 않다는 각오 때문이었다.

그랬기에 놈들의 시비를 참아내고 고개를 돌렸다.

밥을 먹고 사무실로 들어가면 또다시 일상으로 돌아갈 수 있으니 지금까지 해온 것처럼 무시하려 했다.

하지만 놈들은 박강호의 약점을 정확하게 알고 찔러왔다.

"김세형!"

"예, 이병 김세형!"

옆에서 걷던 후임병 김세형이 깜짝 놀라며 복창을 했다.

김세형은 박진수가 제대하면서 조사계로 데려온 후임병이었다.

"튀어 와!"

놈들의 지시에 김세형이 박강호의 눈치를 봤다.

미리 순찰병들이 어떤 명령을 내려도 움직이지 말라고 했기 때문에 김세형은 박강호의 눈치를 보면서 머뭇거렸다.

"이 새끼가, 죽고 싶어? 빨리 안 튀어 와!"

아마, 기세에서 밀린 것이 분명했다.

순찰병들에게 계속해서 당하는 박강호를 김세형은 믿지 못한 것 같았다.

김세형이 놈들의 협박에 못 이긴 채 달려간 것은 강자에 대한 두려움 때문임이 분명했다.

오늘이 처음이 아니었던 모양이다.

사람은 하는 행동만 봐도 그동안에 벌어졌던 일들을 추측

할 수 있는 감각이 있는데 놈들과 김세형의 행동에서 그동안 자신의 후임이 얼마나 당해왔는지 알 수 있었다.

부동자세로 선 김세형에게 놈들은 곧바로 주먹을 날렸다.

후임 주제에 자신들의 명령을 곧장 이행하지 않았다는 것이 구타의 이유였다.

한두 번 얻어맞은 게 아닌 듯 김세형의 움직임은 두려움에 가득 차 있었다.

박진수에게 물려받은 업무는 생각했던 것보다 훨씬 많았다.

신병에게 맡기기 어려웠던 자살 및 폭탄 사고, 장교들에 대한 조사 등 수많은 업무가 추가되었기 때문에 박강호는 최근 한 달 동안 밤잠까지 못 자가며 일을 했다.

그동안 김세형은 순찰병 놈들에게 당해온 것이 틀림없었다.

그럼에도 박강호가 몰랐던 것은 김세형이 아무런 말도 하지 않았고 지금까지 그가 보는 앞에서는 구타한 적이 한 번도 없었기 때문이었다.

불쌍했다. 그리고 미안했다.

선임인 박진수는 자신이 순찰병들에게 어떠한 위해도 당하지 않도록 갖은 귀찮음을 마다하지 않았는데 자신은 손을 놓은 채 후임이 얻어맞는 것을 방관하고 말았으니 부끄러워 미쳐 버릴 것만 같았다.

놈들이 그동안 하지 않던 행동을 하기 시작한 것은 자신을 벌레처럼 우습게 안다는 것을 의미하는 것이었다.

박강호가 식판을 내려놓은 것은 김세형이 가슴을 얻어맞고 허리를 숙인 채 짐승 같은 비명을 질러댈 때였다.

"이 씨발놈들아, 그만두지 못해!"

박강호가 다가서자 놈들의 얼굴에서 잔인한 웃음이 떠올랐다.

탄탄한 몸매.

순찰병들은 자대 배치를 받으면 신병 교육과는 별개로 3개월의 지옥훈련을 받는다.

행정병, 운전병과는 시작부터 다르다는 뜻이다.

신병 훈련은 그들이 받는 지옥훈련에 비하면 어린아이 장난 수준으로 취급될 정도였기 때문에 훈련이 무사히 끝났을 때 대장이 직접 휴가증을 주었다.

순찰 해병이 행정병과 운전병을 극도로 미워하는 이유에는 훈련량의 차이도 포함된다.

같은 곳에서 누구는 힘들어 죽을 만큼 훈련을 받았고 24시간 하루도 편할 날 없이 열악한 환경에서 근무를 서는데 어떤 놈은 훈련도 받지 않은 채 따뜻하고 시원한 곳에서 근무한다는 것이 행정병과 운전병을 백안시하는 배경 중 하나였다.

세 놈은 박강호가 다가서자 김세형을 한쪽으로 치운 후 마주 다가왔다.

놈들은 훈련으로 다져진 다부진 몸매를 지녔는데 유사시를 대비해서 포위하듯 진형을 벌리고 있었다.

"어쭈, 큰소리를 칠 줄도 아네. 왜, 네 새끼 패니까 꼽냐?"

"주둥이 닥쳐, 죽여 버리기 전에."

"그 새끼 한번 아가리가 터지니까 청산유수구만. 한번 해봐 이 씨발놈아!"

우측에서 건들거리던 허정철의 입에서 쌍욕이 나오는 순간 박강호의 몸이 가운데 서 있는 추연웅을 향해 빠르게 돌진해 들어갔다.

어차피 말로 해서는 끝나지 않을 상황이라면 단숨에 끝장을 보는 것이 가장 좋은 방법이다.

예전 고등학교 시절 수많은 패싸움을 할 때도 그랬고 싸움기계라 불릴 때도 그의 싸움은 언제나 무서울 정도로 치열해서 상대하는 자들의 기가 질리게 만들었다.

놀라서 뒤로 물러나는 추연웅을 향해 순식간에 좌우 스트레이트를 날린 박강호는 몸을 회전시키며 좌측에서 다가온 김문호의 주먹을 앞으로 확 잡아끌어 우측으로 던져 버렸다.

우측에서 움직이던 허정철과 김문호가 충돌을 이루는 순간 박강호의 몸이 추연웅을 향해 또다시 다가갔다.

일 대 다수의 싸움에서는 기회가 있을 때 한 놈씩 전투 불능의 상태로 만드는 것이 중요했다.

추연웅은 불의의 급습을 받은 충격으로 비틀거렸는데 박강호는 거기에서 멈추지 않고 놈의 복부를 집중적으로 두들겼다.

"이 개새끼야!"

추연웅이 박강호의 주먹에 견디지 못하고 쓰러지는 걸 확인한 허정철과 김문호가 동시에 덤벼들었다.

매의 눈.

박강호의 눈은 싸움이 시작되면서 차갑도록 냉정하게 변한 채 적들의 움직임을 주시하며 방어와 공격의 타이밍을 계산했다.

아무리 무시무시한 훈련을 받았다 해도 복싱을 전문적으로 익혔고 수많은 실전을 겪은 박강호가 봤을 때 놈들의 움직임은 가소로울 정도로 하찮았다.

덜컥!

먼저 다가온 허정철의 주먹을 피하며 크로스 카운터를 터뜨리자 턱이 부서지는 소리가 났다.

단 한 방이면 충분하다.

체육관에서 맷집이 강하다고 알려진 선수들도 박강호의 주먹이 정확하게 들어가면 버티지 못했으니 허정철이 버텨낼 리

만무했다.

고목이 쓰러지는 것처럼 허정철이 무너져 내리는 순간 사이드스텝을 밟아 좌측으로 이동한 박강호의 주먹이 번개처럼 김문호의 관자놀이를 향해 날아갔다.

피한다고 노력해서 피할 수 있는 주먹이 아니다.

워낙 빨랐고 적의 움직임까지 예측해서 뻗은 주먹이었기 때문에 본능적으로 몸을 움츠렸지만 이미 주먹은 김문호의 관자놀이를 가격하고 돌아온 후였다.

옆에서 지켜보던 김세형의 눈이 찢어질 듯 커진 것은 마지막으로 김문호가 마치 바람 빠진 풍선처럼 스르륵 주저앉았을 때였다.

믿을 수 없는 사실에 김세형은 침을 흘리며 입을 다물지 못했다.

설명은 길었지만 시간으로 따지면 불과 1분도 안 되는 사이에 세 명을 쓰러뜨려 버린 박강호의 싸움 실력은 영화에서나 나올 정도로 환상적인 것이었다.

소문은 금방 헌병대 전체에 퍼져 나갔고 순찰병들의 분위기는 최악으로 치달았다.

한 놈에게 세 명이 당한 것은 금방 잊혔고 순찰병이 행정병에게 당했다는 사실만이 커다랗게 부각되어 팽팽한 긴장감을 생성시켰다.

내무반장을 비롯해서 분대장들 대부분이 순찰병들이었기 때문에 그런 분위기는 시간이 지날수록 점점 더 커져 갔다.

이대로라면 오늘 저녁은 절대 그냥 넘어가지 않는다.

박강호에 대한 처분은 둘째 치고 내부에서의 자체 기강 해이가 도마 위에 오를 테니 순찰병들은 오늘 고참들로 인해 전부 줄초상이 나게 될 것이다.

물론 그다음은 박강호였다.

자체의 줄초상이 끝나고 나면 순찰병들은 본격적으로 박강호를 상대로 보복을 시작할 게 뻔했다.

일을 벌여놓고도 아무런 일도 없었다는 듯 오후 일과를 마친 박강호가 내무반으로 들어선 것은 점호 준비를 끝낸 대원들이 모두 삼선에 앉아 일직사관을 기다리고 있을 때였다.

해병의 특성상 줄초상은 점호가 끝난 후 이루어지기 때문에 매타작을 기다리는 순찰병들의 얼굴은 긴장감으로 시커멓게 죽어 있었다.

그냥 들어간 게 아니다.

쾅!

들어서면서 문을 박찼기 때문에 문 열리는 소리가 마치 천둥처럼 들렸다.

"뭐야 이 새끼야!"

너무나 황당한 상황에 잠시 동안 정적이 흐른 후 제1분대장인 김대성 병장이 소리를 버럭 질렀다.

점호를 위해 전 부대원이 모인 자리에서 문을 박차고 들어온 박강호의 행동은 때려죽여도 될 만큼 건방진 것이었다.

하지만 박강호는 주머니에 양손을 찔러놓은 채 그의 욕설을 그대로 받아들였다.

"뭐긴 뭐야, 씨발놈아. 내무반에 들어온 거지."

"너 미친 거냐?"

"왜, 내가 반말해서 놀랐어? 너희들은 쫄다구들한테 좆같은 짓 다 시켜놓고 막상 당하니까 기분 더러운 모양이구나."

"개새끼, 어차피 죽을 놈이 일찍 죽겠다고 미친 지랄을 떠는구만."

김대성이 웃었다.

오랜 군 생활을 하다보면 가끔가다 개기는 놈들도 있게 마련이다.

더군다나 해병대 같은 특수부대는 가끔가다 꼴통들이 들어왔기 때문에 사고를 치는 놈들도 종종 있었다.

하지만 그게 다였다.

일반 보병사단이라면 모를까 해병대 중에서도 군기가 강하기로 소문난 헌병대에서는 그런 것이 통할 수가 없었다.

개개인의 능력이 남달랐고 선임과 후임의 연결 고리가 끈끈한 순찰헌병의 세계는 꼴통들이 날뛰는 걸 지금까지 그냥 두고 본 적이 없었다.

그랬기에 김대성이 먼저 웃자 나머지 고참들이 가소롭다는 듯 풀썩 미소를 지었다.

비록 박강호가 낮에 세 명을 한꺼번에 해치우는 실력을 보였지만 순찰병의 숫자는 60명에 달했으니 결국은 피떡이 되어 실려 나갈 게 뻔했다.

박강호의 얼굴에서 웃음이 떠오른 것은 순찰병 고참들의 웃음이 끝나고 몇 명의 상병들이 분연히 자리에서 일어났을 때였다.

그들은 당장에라도 박강호를 박살 내고 싶어 하는 것 같았다.

"점호 시간 다 되었으니까 그 자리에 앉아 있어. 내가 지금 여기 들어온 이유를 말할 테니까 잘 들어라. 나는 점호가 끝나고 난 후 창고 뒤쪽에서 기다릴 거다. 한 놈이 와도 좋고 열 놈이 와도 좋다. 무서우면 순찰병 전부가 다 와도 좋아. 오늘 못 오면 내일와도 좋다. 언제라도 내가 너희들 모두를 상대해 줄 테니 마음껏 덤비도록!"

창고는 일직사관이 근무하는 행정반과 가장 멀리 떨어져

있었다.

더군다나 창고 뒤쪽 공터는 건물들과 반대편에 위치해 있어 밤이 되면 인적이 끊기는 곳이었다.

시작한 이상 끝을 봐야 한다.

순찰병이 죽든 그가 죽든.

여기서 멈추게 되면 지금까지 당한 모멸과 수치는 배가 되어 돌아오기 때문에 목숨을 거는 한이 있어도 맞서야 했다.

깊게 생각하지 않아도 순찰병들의 행동은 금방 예측되었다.

싸움 장소를 고지했고 승부를 보자고 했으니 놈들은 떼거지로 나타나 지금까지 행정병들에게 해온 것처럼 집단 린치를 가해올 것이다.

전역을 얼마 남기지 않은 놈들은 싸움에 참여하지 않을 테니 기껏 나서봐야 상병 이하의 후임들이 나선다.

문제가 돼도 선임들이 살아남으면 후임들의 행동을 완화할 수 있기 때문이다.

얼마나 올 것인지는 생각하지 않았다.

몇 명이 오든 내가 당한 것만큼 놈들도 당할 테니 두려운 마음은 전혀 없었다.

담배를 한 대 전부 다 피우고 또다시 한 개비를 피워 물었을 때 어둠을 뚫고 다가오는 발자국 소리가 들려왔다.

그럼에도 박강호는 라이터를 켠 후 담배에 불을 붙이고 길게 한 모금 뱉어냈다.

슬쩍 눈을 돌려 바라보자 어둠 속에서 희미한 그림자가 나타나기 시작했다.

하나, 둘… 다섯… 열.

전부 합해서 열 명. 선두에 선 것은 순찰병들의 행동을 통제하고 관장하는 김일평 상병이었는데 사회에 있을 때 유도를 했다고 떠벌리던 놈이었다.

"크크크……."

예상은 했지만 막상 열 놈이나 어둠을 뚫고 나타나자 자신도 모르게 쓴웃음이 흘러나왔다.

대충 살펴보자 상병과 일병이 반반씩 섞여 있었다.

더군다나 제법 주먹깨나 쓴다는 놈들로 골라 나왔기 때문에 무리의 기세가 무척 사나왔다.

김일평의 입에서 거친 욕이 터져 나온 건 박강호가 다시 한 번 담배 연기를 길게 뿜어내고 아직 반도 태우지 않은 담배를 뒤쪽으로 던졌을 때였다.

"미친 짓을 했으니 죽여주마. 이 씨발새끼야!"

"좆까는 소리 하고 있네. 무서워서 떼거지로 몰려온 놈들이 큰소리를 치는군. 쓸데없는 소리 말고 덤벼!"

"뭐 해, 저 개새끼 반쯤 죽여놔!"

성격처럼 행동도 급하다.

김일평은 평소에도 일단 후임병들을 패놓고 훈계를 했는데 성질이 지랄 같았다.

놈의 지시에 뒤쪽에서 지켜보던 놈들이 움직였다.

빠르게 좌우로 퍼져 나가는 놈들의 행동으로 봤을 때 포위를 하려는 것 같았다.

포위를 당해서는 안 된다.

아무리 빠른 발을 가지고 있다 해도 포위된 상태에서 신체가 잡히면 이 싸움은 질 수밖에 없다.

그랬기에 박강호는 좌측에서 제일 먼저 다가온 김형태의 안면에 오른손 스트레이트를 작렬시키고 뒤쪽으로 물러났다.

아무리 많은 숫자라도 등 뒤만 허용하지 않는다면 충분히 해볼 만하다고 생각했다.

그랬기에 박강호는 뒤쪽으로 계속 물러나며 다가오는 놈들을 하나씩 격파했다.

정확하게 펀치가 꽂힐 때마다 접근하던 놈들이 하나씩 나가떨어졌다.

하지만 숫자에서 워낙 차이가 났기 때문에 등 뒤로 돌아가는 놈들이 나타나기 시작했다.

등 뒤로 돌아간 놈이 박강호의 허리를 잡기 위해 몸을 날려 왔다.

놈은 박강호의 움직임을 제어해서 동료들의 공격을 용이하게 만들려는 의도인 것 같았다.

가장 우려했던 상황.

위기감을 느낀 박강호가 몸을 틀어 놈의 팔을 뜯어내고 급히 뒤로 물러났다.

이대로는 안 된다.

등 뒤를 잡히는 순간 집단 린치가 시작될 것이고 그렇게 되면 더 이상 싸움을 지속할 수 없다.

박강호가 포위를 뚫고 튀어 나가 멈춘 곳은 창고의 끝 부분을 형성하는 담장이었다.

담장은 미리 봐둔 곳으로 ㄷ 자 형태를 이루고 있어 포위가 불가능한 구조를 가진 곳이었다.

벽을 등에 지자 놈들의 움직임이 둔해졌다.

한꺼번에 다가왔으나 박강호를 공격할 수 있는 놈들은 지형지물로 인해 세 명에 불과했다.

그조차 공간이 좁아 상충이 이루어졌으니 몸놀림이 원활하지 못했다.

그때부터 박강호의 펀치가 번개처럼 작렬하기 시작했다.

셋이 한꺼번에 덤볐으나 무거운 펀치가 터질 때마다 놈들은 뒤로 나가떨어지기 바빴다.

뒤쪽에 대기하던 놈들이 연속해서 공격을 가해왔지만 결과는 똑같았다.

쓰러지고 일어나 다시 덤비는 형상.

그런 패턴이 몇 번 반복되자 서너 명이 일어서지 못하고 바닥을 기었다.

그때부터 박강호가 담장을 포기하고 앞으로 전진했다.

벌써 싸움을 시작한 지 20분이나 지났기 때문에 서서히 체력이 고갈되기 시작했다.

맨 앞에 있는 놈의 안면에 스트레이트를 꽂아 넣고 곧이어 복부에 강한 펀치를 날렸다.

그러고는 옆에서 날아온 주먹을 더킹으로 피한 후 어퍼컷을 터뜨렸다.

단숨에 두 놈이 한꺼번에 무너지자 포위망이 훨씬 약해졌다.

일 대 다수의 싸움에서 포위망이 무너졌다는 것은 박강호에게 날개를 달아준 것이나 다름없었다.

이제 전진하는 것은 박강호였고 수세에 몰린 것은 오히려 놈들이었다.

싸움에서 두려움을 느낀다는 건 이미 승부가 결정된 것이나 다름없다.

놈들의 눈에서는 두려움이 느껴지고 있었다.

그 뒤로는 일방적인 싸움이 이어졌다.

김일평을 연속으로 두들겨 패자 나머지 놈들이 주춤거리며 물러나는 것이 보였다.

김일평은 유도를 한 놈답게 안간힘을 쓰며 박강호의 허리를 잡기 위해 덤볐으나 접근할 때마다 혹과 어퍼컷을 얻어맞았기 때문에 얼굴이 퉁퉁 부어 알아보지 못할 정도가 된 지 오래였다.

도망가는 허윤창을 쫓지는 않았다.

유일하게 두 발로 서 있던 놈은 나머지가 모두 바닥에 쓰러져 끙끙거리자 두려움을 못 이기고 도주를 했다.

수많은 싸움을 하면서 배운 것은 오직 하나.

싸움을 시작한 이상 다시는 덤비지 못하도록 박살을 내야 한다는 것뿐이다.

박강호는 쓰러진 놈들을 돌아다니며 확인 사살했다.

한동안 팔과 다리를 쓰지 못하도록 짓밟았기 때문에 놈들의 애끓는 비명 소리가 공간을 넘어 어둠 속으로 퍼져 나갔다.

제15장
제대

백맹수.

정 중사가 다른 곳으로 임기를 마치고 전출 간 후 조사계의 선임하사로 부임한 사람이었다.

그는 사무실로 출근한 후 박강호가 다가오자 활짝 웃었다가 여기저기 부어오른 얼굴을 보고 슬그머니 미소를 지웠다.

2개월 동안 지켜본 박강호는 그의 마음을 흡족하게 만들 정도로 성실했고 일처리도 깔끔했기 때문에 상하 관계를 넘어 동생처럼 취급하고 있었다.

"강호, 너 얼굴이 왜 그래?"

"말씀드릴 게 있습니다."

"뭐냐?"

"사실은……."

박강호가 그동안 있었던 순찰병들의 행태에 대해서 먼저 말한 후 어제 벌였던 일들도 차분하게 이야기했다.

그러자 백 중사의 얼굴이 점점 흑색으로 변해가기 시작하더니 10명을 전부 작살냈다는 소리를 듣고는 기어코 한숨을 토해냈다.

믿을 수 없는 사실.

튼튼한 몸을 지녔지만 좋은 대학교를 다녔고 얼굴마저 잘 생겨서 순둥이로 생각했는데 무려 10명을 상대로 싸움을 했다는 소릴 듣자 박강호가 달리 보였다.

"그래서 그놈들은 어떻게 됐어?"

"지금 내무반에 있을 겁니다."

"근무도 나가지 못할 정도란 말이냐?"

"예, 이왕 시작한 거 조금 과도하게 팼습니다. 아마, 순찰 선임하사께서 연락을 해올 겁니다."

"어허……."

"처벌은 달게 받겠습니다. 하지만 순찰병 쪽도 문제가 있었다는 것을 알아주시면 고맙겠습니다."

"알았다. 내가 처리할 테니 기다려."

예상은 정확했다.

순찰 선임하사는 출근하자마자 조사계로 들이닥쳤는데 얼굴이 붉게 상기되어 있었다.

그는 사무실로 들어서자마자 책상에 앉아 있는 박강호를 향해 소리부터 질렀는데 무척 화가 난 상태였다.

"박강호, 이 개새끼야. 너 미쳤어?"

"한 중사, 소리 죽여. 여기가 니네 안방으로 보여!"

"백 중사님. 저놈이 한 짓을 모른단 말입니까!"

"이 새끼가 내 말 안 들리나 보지?"

한만호가 경고에도 연거푸 소리를 지르자 백맹수의 눈에서 파란빛이 나왔다.

백맹수는 한만호보다 3년이 고참이고 조사 계통에서 잔뼈가 굵은 베테랑이었다.

평소에는 차분한 성격이었으나 막상 눈에서 파란빛이 흘러나오자 전혀 다른 사람으로 느껴졌다.

그런 그의 변화에 한만호가 몸을 경직시키며 말문을 닫았다.

백맹수가 작정을 하면 한만호는 견디지 못한다.

한만호의 일거수일투족이 모두 백맹수의 레이더에 잡히기에 부식을 빼먹은 걸 비롯해서 다방 레지와 썸싱이 있는 것까지 모르는 게 없기 때문이다.

같은 식구니까 봐준 것이지 그를 열 받게 만들면 어디까지 불똥이 튈지 알 수 없는 일이었다.

한만호가 말문을 닫자 백맹호도 푸르게 변한 눈빛을 풀었다.

"돌아가서 기다리고 있어. 이 건은 내가 철저하게 조사해서 대장님께 직접 보고드릴 테니까."

사건 경위를 조사한 백맹수는 보고서를 작성해서 헌병대장실을 찾아갔다.

박강호의 진술을 토대로 행정병과 운전병에 대한 순찰병의 실태를 조사하자 사실로 드러났다.

똑, 똑!

백맹수가 조심스럽게 노크를 한 후 문을 열고 들어섰다.

신문을 보고 있던 헌병대장 유만길은 조심스럽게 방문을 열고 들어오는 백맹수를 향해 빙긋 웃었다.

백맹수는 그의 오른팔 같은 존재였다.

정 중사의 전출이 결정되었을 때 백맹수를 애써 끌고 온 것도 바로 그였다.

"아침부터 백 중사가 웬일이야?"

"보고드릴 것이 있어서 왔습니다."

"보고? 뭔데?"

"어제 사병들끼리 싸움이 있었습니다."

"싸움이라니!"

백 중사가 그동안 있었던 일들에 대해서 차분하게 보고하자 유만길이 기가 막힌다는 표정을 지었다.

그는 사병들 간의 관계에 대해서 전혀 몰랐던 모양이었다.

하지만 그의 관심사는 사병들 간의 관계보다 10명과 싸워서 이겼다는 박강호로 향했다.

"그놈 전력이 뭐야? 시라소니야?"

"고등학교 때 복싱을 했답니다."

"허어, 환장하겠군."

"박강호는 제가 데리고 있어봐서 압니다. 평소에 너무 온순하고 일도 확실하게 해서 제가 믿고 맡길 정도였습니다. 만약에 그런 일이 없었다면 사고를 쳤을 놈이 아닙니다."

"그래서?"

"대장님, 선처를 해주십시오. 사병들 간의 싸움은 자주 발생하는 것 아니겠습니까. 문제는 순찰병들이 제공했으니 박강호는 한번 봐주십시오."

"어이, 백 중사. 그냥 넘기면 군기가 서지 않아. 그걸 몰라서 하는 소리는 아니겠지?"

"압니다. 하지만 제가 봤을 때 중요한 것은 위계질서가 무너졌다는 데 있습니다. 우리 임무는 해병의 군기를 지키는 건데 이런 사실이 외부로 알려지면 좋을 게 하나도 없다고 생각합니다. 내부적으로 위계질서를 확립하면 문제는 더 이상 확산되지 않을 것입니다. 저희 선임하사들이 위계질서를 다시 정립하고 군기를 세우면 다시는 이런 일이 발생되지 않을 거라 생각합니다."

"좋아, 그렇다면 군기확립방안을 마련해서 가져와. 그래도 이 일은 그냥 넘길 수 없으니까 당사자들은 전부 군기교육대에 처넣어."

"얼마나 말씀입니까. 저희 조사계는 박강호가 없으면 돌아가지 않습니다."

"일주일만 해. 그러면 정신들을 차리겠지."

"알겠습니다. 그렇게 조치하겠습니다."

군기교육대는 박강호에게 당한 순찰병들이 어느 정도 회복된 보름 후에 이루어졌고 그동안 선임하사들은 헌병대의 기강을 때려잡았기 때문에 연병장은 연신 곡소리로 진동했다.

거기에는 박강호도 예외가 아니었다.

그의 몸은 멀쩡했기 때문에 집합이 소집되면 제일 먼저 나가 얼차려를 받았다.

순찰병들은 박강호와 눈을 마주치려 하지 않았다.

괴물.

무려 10명을 한꺼번에 해치운 놈과 눈을 맞춘다는 건 도발하는 것과 다름없기에 그들은 얼차려 중에도 일부러 시선을 피했다.

보름 후에 시행된 군기교육대는 오히려 선임하사들이 돌아가면서 한 얼차려와 정신교육보다 훨씬 쉬웠다.

사고 해병들은 헌병대에서 5㎞ 떨어진 교육대로 보내졌는데 교관들은 순찰병들의 밥이었기에 제대로 군기 확립을 하지 못했다.

군기교육대의 교관들은 일반 해병으로 외출을 하거나 외박 시에 헌병들한테 잘못 걸리면 작살이 난다.

온갖 폼을 다 잡고 나온 외출에서 헌병들이 트집을 잡기 시작하면 안 걸릴 놈이 없기 때문이다.

그랬기에 교관들은 교육을 시키면서도 헌병들의 눈치를 보며 수시로 쉬는 시간을 주었다.

군기 교육을 마치고 돌아오자 부대는 변화가 엿보였다.

선임하사들이 얼마나 때려잡았던지 순찰병 후임들이 행정병 선임들에게 인사를 하고 있었던 것이다.

물론 아직 어색함이 남아 있었다.

그동안 하지 않던 행동을 어쩔 수 없이 하게 되었으니 자연스러울 리 없다.

하지만 그 변화는 박강호가 돌아오면서 훨씬 빠르게 진행되었다.

순찰병 후임들은 박강호를 괴물로 여겼기 때문에 마주치면 자동으로 손이 올라갔다.

한바탕 부대를 휘저어놓았던 박강호도 변했다.

순찰병 선임들은 물론이고 행정병과 운전병 선임들에게도 깍듯이 인사를 했다.

어쩔 수 없이 깽판을 쳤지만 질서를 무너뜨려 부대의 군기를 어지럽힐 생각은 눈곱만치도 없었기 때문이었다.

그렇게 한바탕 소동이 끝난 후 박강호의 군 생활은 더없이 평온했다.

물론 가끔가다 들어오는 군탈자와 자살병으로 인해 사단이 발칵 뒤집어지는 경우도 있었지만 그런 것은 오히려 자극제가 되어 시간을 빠르게 흐르도록 만들었다.

박강호는 상병이 된 후부터 후임병인 김세형과 함께 점호에 참석했다.

군인으로서, 해병으로서 점호는 반드시 받아야 하고 순찰병들과의 관계도 개선시켜야 된다는 의지를 가졌기 때문이었다.

예전이라면 벌써 여러 번 다구리가 들어왔겠지만 박강호가 한바탕 무섭게 휘저은 후부터 그런 것은 없어진 지 오래였다.

세월은 무섭게 빨리 지나갔다.

27개월이란 시간이 27년처럼 느껴졌던 하루하루가 주마등처럼 지나가면서 군대에서 지나온 세월들이 추억으로 아로새겨졌다.

전역을 한 달 남긴 박강호는 거의 은둔 생활을 하며 시간을 보냈다.

김세형이 업무를 이어받았기 때문에 몇 달 전부터 시간이 남아돌았다.

그냥 허송세월을 보낼 수는 없었다.

이제 전역을 하면 새로운 각오로 대학에 복학해야 한다.

그의 결심은 전역이 다가오면서 비가 온 후의 땅처럼 단단하게 굳어지고 있었다.

1, 2학년 동안 학업을 등한시한 것이 그렇게 아쉬울 수 없었다.

그랬기에 업무에 여유가 생긴 후부터 전공 서적과 토플을 옆에 끼고 살았다.

최선을 다하는 마음.

그것이 있다면 인생은 언젠가 밝은 빛을 비춰줄 거라 믿었다.

"공부 지겹지 않습니까?"

"지겹지."

"군대에서 선임만큼 열심히 공부하는 사람은 없을 겁니다."

"그래, 웬일이냐?"

"조사관님께서 찾으십니다."

"왜?"

"저도 잘 모르겠습니다."

김세형이 고개를 가로 저으며 안색을 흐렸다.

사람은 말해주지 않는데 알아듣는 재주가 있을 리 없지만 김세형은 박강호에게 일단 미안한 표정부터 지었다.

오래전 그 일 때문이다.

자신의 직속 선임인 박강호를 등한시하고 순찰병에게 고개를 숙였던 그 일이 있은 후 그는 죄진 사람처럼 한동안 위축된 모습을 보였다.

그런 그를 박강호는 언제나 따뜻하게 대했다.

그건 실수도 아니고 잘못도 아니다.

야수들의 세계에서 힘은 언제나 정의였고 초식동물들은 언제나 그들의 밥이 된다.

박강호는 김세형의 어깨를 툭툭 두들겨 주고 조사계 사무실로 걸음을 옮겼다.

이제 저녁 5시가 넘었기 때문에 곧 식사를 해야 하는데 그동안 방치하다시피 박강호에게 신경을 끊었던 백 중사가 갑자기 부르자 궁금증이 치솟았다.

사무실로 들어서자 백 중사는 어느새 사복으로 갈아입은 채 책상을 정리하고 있었다.

"퇴근하십니까?"

"부른 지 언젠데 이제 오는 거야. 빨리 가서 옷 갈아입어. 새걸로!"

"예?"

"넌 오늘 나와 외출 좀 해야겠다."

"갑자기 무슨 말씀이신지……."

"매일 책 속에 파묻혀 사는 네가 불쌍해서 그런다 인마. 그러니까 총알같이 튀어가서 옷 갈아입고 나와. 묵은 때 씻어줄 테니까."

"…알겠습니다."

금방 무슨 뜻인지 알아들었다.

헌병대의 부식은 다른 부대보다 훨씬 잘 나온다.

그럼에도 짬밥은 어쩔 수 없는 짬밥이다.

가뭄에 콩 나듯이 어쩌다 한 번씩 외출을 해서 민간 음식을 먹으면 그렇게 맛있을 수 없었다.

박강호는 백 중사가 오랜만에 삼겹살을 사줄 거란 생각을 했다.

그는 박강호를 방치하다시피 했지만 언제나 박강호가 무슨 일을 하고 있는지는 알고 있었다.

공부라는 것.

아마 백 중사에게는 다른 세상 이야기로 보였을지도 모른다.

백 중사는 고등학교를 졸업하고 곧장 해병대 장기 사관으로 지원했기 때문에 공부와는 담을 쌓고 사는 사람이다.

가방끈이 짧은 사람은 공부라면 백안시하는 본능이 있다.

자신이 실패한 것을 누군가는 성공으로 이끄는 것에 대한 거부감이 크기 때문이다.

그러나 그는 박강호가 공부하는 것을 탓하지 않았다.

예상대로 백 중사는 박강호를 삼겹살집으로 데려갔다.

마포식당이라고 간판에 적힌 이 집은 해병들이 외출을 나올 때마다 찾는 명소 중의 하나였다.

식당은 장교들과 병사들로 가득 차 있었지만 누구 하나 그들을 신경 쓰지 않았다.

외출했을 때만큼은 해병대는 언제나 자유였다.

더군다나 백 중사는 사복으로 갈아입은 상태였기 때문에 아무도 그들을 주시하지 않았다.

마포식당에서 삼겹살과 함께 소주 두 병을 나눠 마신 그들이 다음 코스로 옮긴 곳은 다방이었다.

해룡다방이라고 이름을 지은 것은 아마도 1사단의 명칭이 해룡이기 때문일 것이다.

박강호는 백 중사의 다른 면을 그때서야 봤다.

언제나 사무실에서는 점잖았던 그가 다방에 들어서자 레지들이 비명을 지르며 달려왔다.

단골이라는 뜻이다.

하긴 아직 결혼도 하지 않았으니 백 중사가 퇴근을 하고 곧장 집에 들어갈 리 만무하다.

그럼에도 다방 레지들에게 이토록 환대를 받는다는 건 이곳이 백 중사의 단골 아지트 중에 하나임을 알려주는 것이었다.

박강호는 두 명의 다방 레지들과 백 중사가 말도 안 되는 주제를 가지고 즐겁게 대화에 빠진 것을 물끄러미 바라봤다.

아무것도 아닌 것을 가지고 저렇게 재밌는 시간을 보내는 백 중사와 다방 레지들이 신기하게 보였다.

중간중간 다방 레지들은 박강호를 주제에 올려놓기도 했다.

잘생겼다는 둥, 힘 좋게 생겼다는 둥. 밤일은 해봤냐는 둥의 얼굴 뜨거운 이야기를 그녀들은 서슴지 않고 뱉어냈다.

그럴 때마다 박강호는 고개를 돌렸다.

아직 총각 딱지를 떼지 못한 그는 야한 이야기가 나올 때마다 적당한 대처를 못 하고 쓴웃음만 지었다.

그저 삼겹살을 먹고 다방에 잠시 앉아 있었을 뿐인데 슬쩍 손목시계를 바라보자 시간은 9시를 넘고 있었다.

부대 복귀까지는 1시간밖에 남지 않았다는 뜻이다.

그랬기에 박강호는 어렵게 그들의 대화에 슬쩍 끼어 분위기를 깼다.

"백 중사님, 저는 지금 들어가야 할 것 같습니다."

"무슨 소리냐?"

"외출 복귀 시간이 거의 다 됐습니다."

"인마, 오늘 너는 외출이 아니라 외박이다. 내가 조치해 놨으니까 잠깐만 기다려. 좋은 데 데려가 줄 테니까."

"좋은 데라뇨?"

"오늘은 마음껏 마셔볼 생각이다. 그러니까 기대하고 있어."

백 중사가 박강호를 다방에서 데니고 나온 것은 그로부터 30분이 지났을 때였다.

좋은 데가 어딘지 몰라도 얼른 들어가고 싶은 마음뿐이다.

다음 날의 공부가 걱정되었다.

벌써 소주 1병이나 먹었기 때문에 여기서 더 술을 마신다면 내일 공부에 지장이 생길 게 분명했다.

하지만 백 중사에게 들어가겠다는 소린 할 수 없었다.

오랜만에 자신을 위해 시간을 할애하는 사람에게 공부 때문에 들어가야겠다는 소리는 죽어도 하면 안 되는 말이었다.

터벅터벅 걸어서 거리를 걸었다.

백 중사는 목적지도 가르쳐 주지 않고 걸었는데 잠시도 한눈을 팔지 않았다.

거리는 10시가 가까워오자 인적이 드물게 변해 있었다.

백 중사의 걸음이 멈춘 곳은 거리 옆에 있는 3층 건물이었는데 거의 불이 꺼져 있었고 오직 2층만이 불을 밝혀 놓은 상태였다.

삼거리 레스토랑.

참으로 촌스러운 이름이다.

더욱 재밌는 건 백 중사가 조금의 망설임도 없이 그곳으로 들어갔다는 것이었다.

좋은 곳에 가서 술을 사준다는 게 이곳이란 뜻이다.

어이가 없기도 했고 웃음도 나왔다.

시골 레스토랑에서 술을 마시는 게 좋은 곳에서 술을 마시는 거라면 강남에서 제일 잘나간다는 '아라비안 나이트클럽'은 아마 천국에서 마시는 걸 거다.

문을 열고 들어서자 더욱 기가 막혔다.

손님은 단 한 명도 없었고 심지어 주인마저 자리를 비운 상태였다.

"조사관님, 여긴 아무도 없는데요?"

"있어. 걱정 마. 여시, 나 왔어!"

백 중사가 중간에 있는 탁자로 걸어가더니 의자에 앉으며 큰소리를 질렀다.

레스토랑이라고는 했지만 불과 이십 평 남짓이었고 탁자도 8개가 전부였기 때문에 백 중사가 소릴 지르자 홀이 다 울릴 정도였다.

주방으로 보이는 곳에서 30대 중반의 여인이 나온 것은 백 중사가 다시 한 번 소리를 지르기 위해 입을 열려고 할 때였다.

그녀는 아름다운 얼굴은 아니었지만 몸매가 예뻐서 남자들한테 인기가 많을 것 같았다.

"어머, 자기가 웬일이래. 이런 시간에 여길 다 오고?"

"내가 한두 번 와."

"그래도 이 시간에 오지는 않잖아."

"오늘은 내가 어떻게 사는지 이놈한테 보여주려고 왔어. 2년 동안 내가 이놈 좋은 데서 술 한 잔 못 사줬거든."

"여기가 좋은 데야?"

"이 레스토랑이 좋은 데면 좋은데 다 얼어 죽게."

"그럼 여긴 왜 왔어?"

"방금 말했잖아. 이놈한테 내가 사는 거 보여주겠다고. 인사해라, 강호야. 이 사람이 내 애인이다."

"안녕하십니까. 박강호라고 합니다."

"반가워요. 난 이혜란이에요. 그런데, 정말 잘생기셨네. 자기랑은 비교된다."

"가방끈도 길어. 서울에서 명문대 다니는 놈이야."

"호오, 정말? 그런데 여기까지 왜 왔대. 명문대 다니는 사람이. 잘나가는 사람들은 해병대 오지 않잖아?"

이혜란의 얼굴은 호기심으로 가득 찼다.

그녀는 정말 명문대 다니면 해병대에 오지 않는 걸로 아는 모양이었다.

백 중사가 그녀의 말을 끊은 것은 어이가 없었기 때문일 것이다.

"실없는 소리 말고 맥주 좀 가져와. 마른안주하고."

"응, 잠깐만 기다려."

이혜란의 행동은 빨랐다.

백 중사가 말을 끝내자 자신이 실수라도 한 듯 금방 일어났는데 아무런 토도 달지 않는 게 신기했다.

그녀가 사라지자 박강호가 입을 열었다.

"백 중사님. 진짜 애인입니까?"

"그래."

"얼마나 사귀셨는데요?"

"한 일 년 됐나. 왜, 나하고 안 어울려?"

"아닙니다. 잘 어울립니다."

"거짓말하지 마라, 인마. 네 얼굴에 다 써 있다."

"결혼하실 생각인가요?"

"고민 중이야. 벌어놓은 게 없어서. 사내놈이 능력도 없으면
서 불쑥 결혼하자고 하면 여자가 좋아하겠어? 밑천이라도 있
어야 되는데 그게 좀 그래."

질문을 잘못한 모양이다.

백 중사의 얼굴은 슬며시 어두워졌는데 정말 이혜란을 사
랑하고 있는 것 같았다.

결혼할 때가 된 사내가 돈이 없다는 건 참 지랄맞은 일이
다.

이른 나이에 장기하사관으로 지원했지만 월급은 뻔했기 때
문에 돈을 모으는 건 쉬운 일이 아닐 터였다.

괜한 질문으로 어색함이 흘렀다.

다행스럽게 이혜란이 때맞춰 나타나지 않았다면 괜한 질문
으로 분위기를 다운시킬 뻔했다.

이혜란은 쟁반에 그득히 맥주를 가져왔는데 5병이나 되었
고 마른안주도 수북하게 담아 왔다.

이야기를 하다가 다시 일어나는 게 싫었던 것 같았다.

백 중사의 얼굴은 그녀가 나오자 언제 그랬냐는 듯 다시 밝

아졌다.

"받아라."

맥주병을 딴 백 중사가 박강호의 잔에다 가득 술을 따랐다. 그러고는 자신의 잔과 이혜란의 잔에도 채웠다.

"이놈 다음 달이면 제대해. 그래서 오늘 때 좀 벗겨주고 싶어. 2년 동안 실컷 부려먹고 해준 게 없어서 미안했거든."

"당연히 그래야지. 우리 자기는 그런 게 좋아. 뭐 해요, 우리 마셔요."

이혜란의 건배에 일행이 모두 원샷으로 잔을 비웠다.

또다시 잔이 채워지고 그 잔이 또 비워졌다.

그녀의 눈을 보면 알 수 있었다.

백 중사를 바라보는 그녀의 눈은 그윽함으로 넘쳐흘러 사랑하고 있다는 것을 한눈에 알 수 있게 해줬다.

전혀 예상치 못한 일이 벌어진 건 두 사람의 대화에 박강호가 끼어들지 못하고 혼자서 맥주잔을 홀짝거리고 있을 때였다.

"이모, 나 왔어!"

문을 열고 들어온 여자는 20대 초반으로 보였다.

짧은 단발머리. 그리고 초승달을 연상시키는 눈을 가진 예쁜 여자였다.

"미선아 잘 왔다. 이쪽으로 와."

이혜란이 반색을 하면서 여자를 불렀다.

여자는 쭈뼛거리며 다가왔는데 이 상황이 매우 어색했던
모양이었다.

그럼에도 그녀는 거부하지 않고 박강호의 앞에 앉았다.

"여긴 서울에서 온 내 조카. 방학이라고 놀러 왔어."

"안녕하세요. 김미선입니다."

여자가 꾸벅 인사를 했다.

마치 미팅에 나온 여자가 인사를 하는 것과 모양새가 비슷
했다.

문제는 여자의 얼굴이 백 중사가 아니라 박강호를 향하고
있다는 것이었다.

그랬기에 박강호는 얼떨결에 인사를 받고 자신의 소개를 했
다.

인사는 했지만 분위기는 어색하기 짝이 없었다.

이혜란과 백 중사가 연신 두 사람을 향해 말을 붙여왔지만
단답형의 대화만 주고받았을 뿐 더 이상의 진전은 없었다.

여자가 다니는 대학교는 이름조차 생소했는데 서울 변두리
에 있는 것이었다.

김미선은 말을 붙여주길 바라는 눈치였지만 박강호는 질문
에만 대답했을 뿐 그녀에 대한 궁금증을 전혀 나타내지 않았
다.

이런 곳에서 자신과 비슷한 나이의 여자를 만난다는 것이 어색했고 그녀에 대해서 알고 싶지도 않았다.

박강호가 관심을 보이지 않자 다행스럽게 여자는 금방 자리에서 일어났다.

아마, 여자의 자존심으로 더 이상 앉아 있을 수 없었던 것 같았다.

다행인지 불행인지 박강호는 또다시 꿀 먹은 벙어리가 되는 수밖에 없었다.

그를 제외한 두 사람이 자신들의 일에 대해서 웃고 떠들었기 때문이었다.

슬며시 일어나 화장실로 향했다.

맥주까지 마셨는데 분위기를 깰까 봐 일어서지 못했더니 오줌보가 터질 지경이었다.

보고 싶어서 본 것이 아니었다.

너무 놀라고 당황스러워 박강호는 문을 연 채 어쩔 줄을 몰랐다.

세상에는 많고 많은 일이 있다지만 설마 화장실에서 이런 일이 생길 줄은 꿈에도 생각하지 못했다.

화장실은 남녀 공용이었는데 한쪽에는 남자용 소변기가 있었고 그 옆으로 여자 것으로 보이는 또 다른 화장실이 위치해 있었다.

김미선은 거기서 다리를 벌린 채 화장지로 자신의 밑을 닦고 있었다.

여자용 화장실 문을 열어놓은 상태로.

아마, 오줌을 누고 뒤처리를 하는 것 같았는데 그녀는 박강호가 들어서자 자지러지는 비명을 지른 채 화장실 문을 걸어 잠갔다.

무서웠던 것일까?

하기야 그렇기도 할 것 같았다.

삼거리 레스토랑의 화장실은 가게에서 나와 우측으로 한참이나 떨어져 있었고 으슥해서 밤이 깊은 시간에 여자 혼자로서는 겁이 날 만도 했다.

그렇다 해도 이건 정말 이해할 수 없는 일이었다.

소중한 부위를 문을 열고 닦고 있다니 정말 그녀의 정신 구조가 신기할 따름이다.

여자의 중요한 부분을 직접 본 것은 이번이 처음이었다.

물론 고등학교 때 노는 놈들과 다니면서 포르노를 본 적이 있었지만 직접 보자 비디오에서 나온 것과 많이 다른 것 같았다.

다시 돌아갈까 생각도 해봤지만 그냥 소변기로 다가가 지퍼를 내렸다.

너무 오줌이 마려워 이대로 나갔다가는 견디기 어려울 것 같았다.

옆에 여자가 있는 상황에서 시원스럽게 오줌을 갈기는 자신이 신기했지만 어쩔 수 없는 일이었다.

그 와중에도 그냥 있지 못하고 박강호는 사과를 했다.

물건에서는 오줌 줄기가 시원하게 흘러나오고 있어 박강호의 목소리와 겹쳐졌다.

"미안합니다. 하지만 고의로 그런 건 아니니까 이해해 주십시오."

"알았으니까 빨리 나가주세요."

여자의 목소리는 떨리고 있었다.

김미선도 이런 상황이 벌어질 거라고는 꿈에도 생각하지 못했을 것이다.

홀로 돌아오자 백 중사가 빙긋 웃으며 자리에서 일어났다.

그는 남은 맥주를 어느새 다 마셨는데 얼굴이 꽤 붉어진 상태였다.

"그만 가자. 시간을 너무 오래 끈 것 같다."

"알겠습니다."

박강호가 대답하자 이혜란이 의외라는 듯 급히 입을 열었다.

"갈 거야?"

"응. 내가 전화할게. 오늘은 이놈과 같이 있어야 하니까 나중에 보자."

"알았어."

애인 사이가 너무 쿨하다.

사랑하는 사람과 헤어지게 되면 아쉬움이 남는 게 정상인데 두 사람은 아무 일도 아니라는 듯 서로 손을 흔들었다.

백 중사는 거리로 나온 후 박강호를 향해 불쑥 입을 열었다.

"심심했냐?"

"아닙니다."

"아니긴 뭐가 아냐. 안 그러려고 했는데 혜란이만 만나면 수다가 많아져. 아무래도 전염성인 것 같다."

"원래 사랑하는 사람을 만나면 말이 많아집니다."

"사랑은 해봤냐?"

2년이 넘도록 같이 지내면서 처음 듣는 질문이다.

그랬기에 단박에 대답을 하지 못하고 앞만 보고 걸었다.

조사계에서 잔뼈가 굵은 백 중사의 눈치는 9단이 넘는다.

김세형은 그를 보고 귀신이라고 할 정도니 사람을 다루는 감각이나 기술은 혀를 내두를 정도다.

그랬기에 그는 박강호의 태도에서 금방 상황을 짐작한 것 같았다.

"아픈 사랑이었구나. 원래 사랑은 아프기도 하지. 언제 헤어졌냐?"

"군에 들어오기 직전이었습니다."

"왠지 느낌이 네가 그만둔 것 같다. 맞아?"

"…네."

"이유는 안 묻겠다. 아픈 기억 다시 꺼내기 싫을 테니까."

"고맙습니다."

"저기다, 다 왔다."

큰 거리에서 골목길을 지그재그로 걷던 백 중사가 들어온 곳은 시장처럼 보였다.

여기저기 물건을 팔다가 비닐로 덮어둔 가게도 있었고 다닥다닥 붙은 건물들은 철문이 내려져 황량한 느낌까지 들게 만들었다.

백 중사가 걸음을 멈춘 것은 시장 통을 지나 사람이 간신히 다닐 수 있는 좁은 골목이었다.

들려오는 여자들의 웃음소리.

문을 통해 흘러나오는 불빛과 함께 젓가락을 두들기는 여자들의 노래가 섞여 아련한 기분을 느끼게 만들었다.

드르륵.

문을 열고 백 중사가 들어서자 카운터에 있던 후덕한 인상의 아줌마가 손뼉을 치며 그를 맞아들였다.

"이게 누구야, 백 중사 아냐?"

"잘 지냈습니까."

"나야 잘 지냈지. 그런데 무슨 일이래. 여길 다 오구. 벌써 1년이 넘었지 아마?"

"그렇게 됐군요. 여전하시네요."

"호호, 그런데 뒤에 있는 총각은 첨 보는 얼굴이네?"

"오늘은 이놈이 주인공입니다. 잘 좀 보살펴 주십시오."

"그래, 어떻게 준비하면 좋을까?"

"기본으로 한 상 차려주십시오. 술은 막걸리 말고 소주로 하죠."

"오케이! 정 양아, 이분들 3번 룸으로 모셔라."

여자한테 양이란 표현은 아가씨를 뜻하는 것이다.

하지만 아무리 봐도 정 양이라 불린 여자는 아줌마로 보일 정도로 나이가 많았다.

허리가 보이지 않는 뚱뚱한 몸매, 그리고 하늘을 보고 있는 들창코.

전체 여자들을 외모의 순위로 놓는다면 거의 최악이라고 봐도 충분한 얼굴이었다.

정 양은 두 사람을 제일 안쪽 끝으로 안내했는데 방으로 들어서자 한쪽에 놓인 장롱이 먼저 눈으로 들어왔다.

그리고 구석에 놓인 이불.

분명 룸이라고 들었지만 이건 룸이 아니라 살림을 하는 방이 분명했다.

그런데도 백 중사는 당연하다는 듯 아랫목을 차지하고 앉은 채 정 양이라 불린 여인에게 성화를 부렸다.

"빨리 가서 술상 차려와."

"번갯불에 콩 구워 드시겠네. 알았으니까 잠시만 기다려요."

그 얼굴에 눈을 흘기니까 더욱 이상하게 보였다.

본인은 애교를 부리는 것이었겠지만 보는 사람은 전혀 그렇게 보이지 않았다.

정 양이 나가자 박강호가 물었다.

"조사관님, 여기가 술집입니까?"

"맞아. 내가 술 산다고 했잖아."

"이건 너무한데요. 좋은데 간다고 해서 은근히 기대했는데 너무하십니다."

"인마. 중사 월급이 얼마나 한다고 비싼 집에 가겠냐. 그래도 기대해 봐. 생각보다 재밌는 집이니까."

박강호가 슬쩍 농담을 던졌더니 백 중사가 활짝 웃었다.

그는 박강호가 이런 농담을 할 줄 미처 생각하지 못했던 모양이다.

술을 한 상 차려 오라는 말은 그저 해본 소리라고 생각했는데 막상 방으로 들어온 상은 생각보다 컸다.

더군다나 정갈하게 장만된 음식들은 보기만 해도 군침이 돌 정도로 맛있게 보였다.

20대 중반의 사내는 돌이라도 씹어 먹을 수 있다는 소리가 있다.

거기에 군인이라면 더욱 그렇다.

6시에 삼겹살을 먹고 그다음부터는 먹은 것이 없었기 때문에 맛깔스럽게 차려진 상이 들어오자 새삼 배에서 꼬르륵 소리가 흘러나왔다.

정 양과 함께 상을 들고 온 여인도 아줌마로 보였다.

그나마 정 양보다는 상태가 좋았지만 그 나물에 그 밥이다.

두 여인은 상을 들여놓고 나가지 않았는데 백 중사와 박강호의 옆에 한 사람씩 앉았다.

"일단 한잔하자. 뭐 해, 술 따르지 않고."

백 중사의 지시에 술이 따라졌고 네 사람이 일제히 술잔을 비웠다.

그런 후 음식을 먹었다.

맛있는 음식과 술. 백 중사의 유쾌한 농담과 맞장구치는 여인들의 웃음소리는 경계심을 늦추지 않던 박강호의 마음을 허물어뜨리는 데 충분했다.

연거푸 따라주는 술을 마다하지 않았다.

얼마나 술을 많이 마셨는지 여인들의 노랫소리가 천사들이
부르는 것처럼 아름답게 들렸다.

따르고 마셨다. 오늘이 아니면 다시는 못 마실 것처럼.

얼마의 시간이 지났을까.

잠깐 졸았다고 생각했는데 박강호는 이불 속에 누워 있는
자신을 확인할 수 있었다.

그리고 몸이 천 근처럼 무거웠다.

정신이 돌아왔으나 몸은 말을 듣지 않았고 눈꺼풀도 간신
히 움직였다.

겨우겨우 힘을 들여 눈을 떴다.

그러자 정 양이라는 여인이 자신의 몸으로 올라와 있는 것
이 보였다.

감각이 그때부터 사이렌처럼 경고음을 울려댔다.

이게 대체 무슨 상황이란 말인가?

이 여자 왜…….

비키라고 소릴 치고 싶었으나 목소리가 흘러나오지 않았다.

간신히 입을 열어 소리를 쳤으나 목구멍에서 나온 소리는
제대로 된 언어가 아니었다.

"…브이… 켜."

마치 죽어가는 사람의 비명 소리처럼 힘이 없었고 목소리
도 작았다.

구역질이 나왔다.

이대로 소중하게 간직해 온 자신의 동정을 잃는다는 것이 너무 억울했기에 연신 비명을 질러댔다.

정 양은 박강호의 목소리를 듣고도 요분질을 멈추지 않았다.

오직 즐거움이 흘러넘치는 비음을 지르며 절정을 향해 나아가고 있을 뿐이었다.

쓰린 속을 간신히 달래고 정 양이 끓여준 해장국을 뒤로한 채 부대로 복귀한 박강호는 샤워실로 들어가 몸을 씻고 또 씻었다.

분하고 억울했지만 이미 벌어진 일.

고흥준과 최현승은 자신이 군대에 간다는 소리를 듣고 미아리에 가자면서 성화를 부렸었다.

사내놈이 총각 딱지도 떼지 못하고 군대를 가면 3년이 재수 없다는 말로 자신을 협박했다.

그럼에도 친구들의 협박을 단호하게 거부했다.

섹스는 사랑하는 사람과 해야 된다는 고정관념이 있었기 때문이었다.

그런 그를 보고 친구들은 미친놈이라는 소리를 주저 없이 해댔다.

물론 그럴 수도 있다.

하지만 마음속에서 우러나오지 않는 일은 절대 하고 싶지 않았다.

그런데 전혀 상상해 보지 못했던 일이 벌어졌으니 당황스러움에 아침 내내 정신이 혼란스러웠다.

자신의 의지가 아니라 남의 의지에 의해서 벌어진 일이라고 자위도 해봤지만 마음은 불편함으로 가라앉아 있었다.

그러나 시간이 점점 흐르자 천천히 생각이 변했다.

후회하는 마음은 줄어들었고 후련하다는 마음이 들기 시작했다.

산다는 것은 언제 어느 때 무슨 일이 벌어질지 아무도 예측을 하지 못한다.

김미선이 화장실에서 그런 짓을 하고 있는 걸 볼 때처럼 말이다.

문득 아버지의 말이 떠올랐다.

사내는 하고 싶지 않은 일도 해야 할 때가 있고 그때는 후회하지 말고 현실에 적응하라는 말을 하셨다.

특히 박강호는 여자에 대한 고리타분한 스스로의 성격에 대해 갈등을 가지고 있었다.

친구 놈들이 누구와 언제 키스를 했느니 여자 친구와 섹스를 했는데 기가 막혔다는 등의 이야기를 들을 때마다 그런 고민은 커져갔었다.

그랬기에 자신이 가지고 있던 여자에 대한 고정관념이 깨지자 문득 마음이 편해졌다.

아무 일 없었다는 듯 출근한 백 중사를 평상시처럼 맞아들일 수 있었던 것은 그런 이유가 있었기 때문이었다. 백 중사의 놀리는 목소리가 흘러나오기 전까지 말이다.

"좋았냐?"

"조사관님 너무하십니다."

"너무하긴 뭐가 너무해. 남자는 그걸 해봐야 진짜 성인이 되는 거다. 넌 너무 진지하게 사는 것 같아서 일부러 그랬다. 그러니까 미워하지 마라."

"술에 뭘 넣은 겁니까?"

"마법의 묘약."

백 중사의 입술이 묘하게 올라갔다.

그는 술에 뭘 넣었는지 알려줄 생각이 전혀 없는 것 같았다.

그랬기에 박강호는 인상을 굵게 찌푸렸다.

"그래도 그렇지 이왕 하는 거 좀 예쁜 여자로 붙여주지 그랬습니까."

"정 양 정도면 그 집에서는 중간이야. 더 예쁜 여자들은 이미 다른 놈들이 다 채 가서 없었다."

"억울합니다."

박강호가 책상을 두들기자 백 중사가 배꼽을 잡고 웃었다.

그는 이 상황이 정말 환장하도록 재밌었던 모양이었다.

정 양과의 다시 생각하고 싶지 않은 추억은 시간 속에서 점차 묻혀갔다.

처음에는 수시로 그 일이 생각났으나 시간이란 마법은 머릿속에서 망각을 키워 그 일을 잊게 만들었다.

남들은 전역을 앞두게 되면 하루가 일 년처럼 지나간다고 했는데 박강호에게는 전혀 그렇지 않았다.

아무런 방해 없이 공부할 수 있는 이 시간이 더없이 아까워 일분일초도 소중하게 여겨졌다.

전역 날이 코앞으로 다가오자 박강호를 대하는 후임들의 장난이 심해졌다.

후임들은 순찰병을 포함해서 행정병, 운전병 할 것 없이 모두 박강호의 전설을 알기 때문에 한동안 말조차 붙이지 못했는데 2년 동안 그가 자상하고 따뜻하게 대해주자 점점 마음의 문을 열었다.

이제 부대는 병과에 상관없이 기강이 잡혀 있었고 모든 헌병들은 질서 속에서 칼같이 움직이는 상태였다.

말년 병장.

후임들에게는 꿈이라고 표현할 수 있는 단어다.

아마, 제대를 눈앞에 둔 말년 병장에게 후임들이 반말까지 섞어가며 장난을 할 수 있는 것은 이제 곧 헤어질 선임에 대한 애정일 것이다.

후임들의 장난은 박강호가 전역을 하루 앞둔 날 극에 달했다.

"어이, 박 병장. 라면 하나 끓여봐라."

이제 병장이 된 허윤창이 내무반에서 쉬고 있던 박강호를 향해 지시를 내렸다.

허윤창은 예전에 박강호가 폭발했을 때 도망가서 그나마 몸을 성하게 보전했던 전력이 있는 놈이었다.

그때 그가 느꼈던 두려움은 너무 커서 오랫동안 박강호와 눈도 마주치지 못할 정도였다.

허윤창이 장난을 걸자 내무반에 있던 후임병들이 낄낄거리며 웃었다.

박강호가 그의 지시에 따라 일어났기 때문이었다.

후임들은 안다, 박강호가 어떤 마음으로 일어났는지를.

헤어지기 섭섭한 것은 후임들뿐만 아니라 박강호도 마찬가지였다.

그랬기에 그는 요즘 걸어오는 후임들의 장난을 최선을 다해 받아주고 있었다.

시간이 흘러 밤이 되자 백 중사를 포함해 순찰병을 이끄는 한 중사까지 모두 내무반으로 모였다.

　통로 한가운데는 커다란 케이크가 준비되어 있었고 언제 준비했는지 각종 과자들과 음료수까지 침상에 정렬되어 있었다.

　잠시 조사계 사무실에 가 있으라고 했던 게 이것을 준비하기 위함이었던 것 같았다.

　"박강호, 사회에 나가면 잘 살아라!"

　백 중사가 샴페인을 터뜨렸다.

　그러자 후임병들이 일제히 일어나 실이 터져 나오는 폭죽들을 여기저기서 휘날렸다.

　가슴이 격해져 자신도 모르게 아파왔다.

　이제 이 시간이 지나면 자신은 해병이라는 이름을 추억에 담고 인생을 살아가게 될 것이다.

　전역 신고를 하기 위해 집무실로 들어가자 책상에 앉아 있던 헌병대장이 자리에서 일어났다.

　그는 입대할 때부터 지금까지 자리를 지키고 있었기 때문에 박강호가 어떻게 생활했는지 잘 알고 있는 사람이었다.

　쩌렁쩌렁한 목소리로 전역 신고를 마치자 대장이 박강호를 집무실 중앙에 있는 소파에 앉혔다.

　그는 따뜻한 미소를 짓고 있었는데 그 미소에는 아쉬움도 들어 있는 것 같았다.

"박강호, 3년 금방 지나가지?"

"예, 그렇습니다."

"요 몇 달 동안 미친 듯이 공부를 했다고 들었다. 맞나?"

"죄송합니다."

"혼내려고 한 이야기가 아니야. 군 생활 하면서 너 같은 놈
은 처음 봤기 때문에 꺼낸 말이다."

"……."

"난 너에 대한 기대가 크다. 사내로서 너는 정말 멋졌다. 일
에 대한 열정과 남자로서의 행동이 믿음직스러워 누구한테도
신뢰받았으니 넌 꼭 크게 될 놈이라고 생각해 왔다."

"과찬이십니다."

"꼭 성공해라. 너는 사회에 나가서도 꼭 성공할 거라 믿는
다."

"열심히 살겠습니다."

"자, 이제 가봐. 지겨운 군 생활 좀 쳐야지."

헌병대장이 자리에서 일어나며 손을 내밀었다.

그의 손은 따뜻했다.

그리고 박강호의 손을 잡은 그의 손은 힘이 잔뜩 들어가
있었다.

대장실에서 나와 연병장을 바라보니 전 병력이 두 열로 도

열해서 서 있는 것이 보였다.

먹먹해진 가슴.

절대 울지 않겠다고 다짐했지만 막상 후임들이 만들어준 이별의 길을 걸어가자 눈이 빨갛게 달아올랐다.

후임들은 그가 걸어갈 때마다 박수와 환호를 쳐준 후 그의 뒤를 따랐다.

그리고 정문에 다다르자 구름처럼 모여 박강호를 치켜들고 행가레를 쳐줬다.

하늘이 파랗다.

마치 바늘로 찌르면 금방이라도 물이 쏟아질 것 같은 파란 하늘이 눈물 고인 박강호의 눈으로 한없이 들어왔다.

집으로 가는 버스.

가슴 떨리는 귀향.

3년 동안 부모님은 한 번도 면회를 오시지 않았기 때문에 휴가 때만 볼 수 있었다.

마지막 휴가 때 본 아버지는 더욱 늙으셨고 어머니의 다리는 점점 심해져 절룩거림이 눈에 띄게 커진 상태였다.

보고 싶은 얼굴들.

누나들은 박강호가 군에 있을 때 모두 결혼해서 분가했기 때문에 집에는 이제 부모님밖에 안 계셨다.

6남매가 모두 출가했으니 남은 것은 박강호뿐이다.

그나마 다행인 것은 분가해서 오랫동안 타향살이를 했던 큰형이 부모님을 모시기 위해 돌아온다는 것이었다.

참으로 먼 거리다.

입대할 때도 멀었지만 집으로 돌아가는 길은 정말 멀었다.

그럼에도 시간이 흘러 박강호의 몸은 언제나 그리웠던 파란 대문에 다다랐다.

문을 열고 들어서자 휑한 마당이 그를 반겼다.

한쪽에는 고추가 널려 있었고 가족들이 모여 수박을 먹던 마루가 달빛을 받아 고즈넉하게 펼쳐져 있었다.

언제나 상상 속에서 꿈꿔왔던 정경이 눈으로 들어오자 자신도 모르게 어머니를 불렀다.

"엄마!"

큰 소리로 부르자 방문이 열리며 어머니가 뛰어나오셨다.

어머니는 오늘 아들이 온다는 것을 알고 오랫동안 기다리신 것 같았다.

아버지가 따라 나오신 것은 어머니가 맨발로 박강호에게 달려 나왔을 때였다.

방에서 나오신 어머니는 무작정 박강호를 끌어안았다.

"아이고, 강호야. 우리 강호. 수고했다. 어디 다친 데는 없니?"

"예, 어머니. 아버지, 저 해병대 근무를 마치고 무사히 돌아왔습니다."

어머니를 끌어안은 채 말을 하자 아버지께서 활짝 웃음을 지으며 고개를 끄덕였다.

아버지는 여전히 감정 표현을 마음껏 하지 않으셨다.

하지만 박강호는 아버지가 지금 얼마나 기뻐하시는지 그 웃음에서 충분히 알 수 있었다.

아버지는 아들에게는 말하지 않았지만 박강호가 서울에 있는 대학교에 들어갔을 때 동료 운전수들에게 한없이 자랑을 늘어놓으셨다고 들었다.

두 분을 모시고 방으로 들어가 절을 하자 어머니가 다시 다가와 박강호의 등을 두드려 주었다.

위로 두 아들을 군대에 보낸 전력이 있었고 현재도 둘째 형은 장기하사관으로 군에 있으니 감정을 자제할 거라 생각했지만 어머니는 아버지와 다르게 마음껏 막내아들의 귀향을 기뻐했다.

"아직 밥 안 먹었지?"

"예, 엄마."

"아버지도 널 기다리느라 아직까지 진지를 들지 않으셨다. 곧 차릴 테니 기다려."

아침에 헌병대를 떠나 사단에 가서 신고를 마치고 길을 떠났기 때문에 박강호가 집에 도착했을 때는 8시가 훌쩍 넘었을 때였다.

그런데도 아버지는 아들과 밥을 먹기 위해 기다리셨다고 한다.

하루 종일 운전을 하고 나면 녹초가 되었기 때문에 아버지는 언제나 저녁 7시 이전에 식사를 하고 10시가 안 돼서 잠자리에 드시는 분인데 아들과 밥을 먹기 위해 지금까지 기다리셨다고 하자 그 정이 새삼스럽게 가슴으로 다가왔다.

어머니가 차려 온 밥상은 진수성찬이었다.

상에는 박강호가 좋아하는 돼지고기 두루치기와 조기가 올라와 있었고 평소에는 잘 보지 못하는 계란찜까지 준비되어 있었다.

그리고 어머니가 자식들에게 언제나 먹였던 된장찌개가 구수한 냄새를 풍기며 박강호의 위를 자극했다.

정신없이 맛있게 먹었다.

늘 먹고 싶었던 어머니의 손맛이 가득 담긴 반찬들과 밥이 눈앞에 있자 두 분이 자신을 따뜻한 눈으로 바라보고 계시다는 걸 알면서도 수저를 멈추지 못했다.

알아요, 어머니 그리고 아버지.

저를 얼마나 사랑하시는지.

두 분께서 저를 얼마나 자랑스럽게 여기시는지 너무나 잘 알고 있습니다.

기다려 주십시오.

제가 얼마나 멋진 놈으로 커가는지 지켜봐 주세요.

그때까지 건강하셔야 됩니다.

저는 아직도 입학금을 전해주시던 아버지의 간절한 눈과 어머니의 눈물을 생생히 기억하고 있습니다.

성공할 겁니다.

반드시 성공해서 부모님의 은혜에 보답할 겁니다.

그러니… 아프지 마시고 꼭 기다려 주세요.

제대 후 당장에라도 학교에 올라가고 싶었으나 참았다.

4월에 제대했기 때문에 복학은 후학기에나 가능했지만 복학이 늦어진 게 오히려 좋은 기회라고 생각했다.

1, 2학년을 제대로 공부하지 못했기 때문에 그에게는 시간이 필요했다.

하지만 서울로 올라간다는 말이 차마 입에서 떨어지지 않았다.

크지 않은 집이었음에도 두 분만 계신다고 생각하니 자신의 욕심을 접을 수밖에 없었다.

그랬기에 서울로 가고 싶다는 마음을 접고 이곳에서 공부를 하겠다는 마음을 먹었다.

한 달 후 큰형 내외가 집으로 돌아올 때까지라도 집을 지키며 부모님의 곁에 있고 싶었다.

제대 후 이틀 동안 누나들과 매형들을 만나자 더 이상 만날 사람이 없었다.

고등학교를 졸업한 후 거의 내려오지 않았기 때문에 친구들과의 관계가 끊어져 연락할 방도조차 없었다.

시립도서관에 가기 시작한 것은 집으로 돌아오고 삼 일 후부터였다.

최선을 다해 산다는 마음은 제대 후에도 여전히 변하지 않았다.

도서관 귀신이 되었지만 저녁은 반드시 집으로 돌아와 먹었다.

부모님이 외롭지 않도록 하기 위해 박강호가 만든 규칙이었다.

그날도 공부를 마치고 집으로 돌아오는 길이었다.

해는 점차 길어져 6시가 되었는데도 날이 훤하게 밝아 있었다.

멀리서 다가오는 그녀를 단박에 알아봤다.

사춘기에 불현듯 그의 가슴에 들어왔던 첫사랑. 생머리를 휘날리며 다가오는 여자는 바로 김소현이었다.

화구가 든 가방을 들고 맞은편에서 내려오는 그녀는 여전히 예뻤고 싱그러웠다.

군대를 가기 전 집으로 돌아와 있을 때 그녀의 소식을 언뜻 들은 적이 있다.

친구의 여동생과 같은 반이었기에 그녀가 도내에 있는 미대에 진학했다는 것을 들었지만 그때는 아무런 생각조차 할 수 없었다.

조폭들의 눈을 피해 집으로 돌아왔고 곧 군에 입대해야 된다는 절박감이 김소현의 소식을 듣고도 귓전으로 흘려버리게 만들었다.

그럼에도 가끔은 그녀의 얼굴이 기억났다.

자신의 앞날을 걱정하며 매정하게 관계를 끊어버렸지만 첫사랑의 아픔은 기억 속의 한편으로 저장되어 있었기 때문이었다.

뭔가를 골똘히 생각하며 걸어오던 그녀는 10m 정도를 앞두고 눈을 들었다.

놀라움에 가득 찬 눈.

마주치는 두 사람의 시선이 영원처럼 느껴졌다.

서로를 바라보며 걸었다.

그리고 두 사람은 평행선에서 거짓말처럼 걸음을 멈추고 말았다.

"잘 지냈니?"

"네, 오빠도 잘 지냈죠?"

"응, 대학 들어갔다는 소린 들었다. 이제 3학년 올라가는 거지?"

"맞아요. 오빠는 군대 갔다고 들었는데 벌써 제대한 건가요?"

"제대한 지 20일 되었어."

자신처럼 그녀도 소식을 듣고 있었던 모양이었다.

자신이 군대 갔다는 것까지 알 정도면 어느 대학에 들어갔는지도 충분히 알 수 있었을 것이다.

그녀와의 약속이 새삼스럽게 떠올랐다.

언젠가 다시 만나게 되면, 서로가 인생에 대해서 책임질 나이가 되었을 때 사귀자는 약속 말이다.

그러나 박강호는 고개를 흔들며 그녀의 눈에서 시선을 떼었다.

"어디 가는 거니?"

"학원에 가요. 다음 달에 전시회가 있어서 그림을 그려야 되거든요."

"그렇구나."

"공부를 하고 오는 건가요?"

"제대를 했으니 복학 준비를 해야 돼서. 오랜만에 봐서 반가웠다. 그럼 잘 가."

다음 말을 준비하는 그녀의 입을 박강호는 단호한 인사로 막았다.

여기서 더 있게 된다면 어떤 상황이 발생될지 자신도 예측되지 않았기 때문이었다.

이제 김소현이 했던 약속은 자신에게 더욱 필요한 것이 되어 있었다.

자신의 인생을 불꽃처럼 살겠다는 다짐.

그 다짐을 지키기 위해서는 여기서 그녀와 더 대화를 나누는 것이 부질없게 여겨졌다.

그랬기에 그는 당황하는 그녀를 뒤에 남겨두고 걸음을 옮겨 나갔다.

뒤에서 다가오는 시선이 느껴졌다.

감각 속에서 잡힌 그녀의 시선은 아련했고 아쉬움에 젖어 있었다.

하지만 끝내 되돌아보지 않았다.

유문상이 집으로 찾아온 것은 큰형 내외의 이사가 오 일 후로 결정되었을 때였다.

예전 고등학교 시절 정신을 차리고 민병호와 붙어 다니며 도서관 귀신으로 살았을 때 유문상은 같이 도서관에 다니며 공부를 하던 놈이었다.

놈은 자신이 제대해서 공부하고 있다는 걸 친구로부터 들었다고 했다.

역시 성격은 유문상 같아야 한다.

어디서든 적응할 수 있는 생활력이 돋보였고 사람을 사귀면 절대 먼저 잊지 않는 의리도 가졌다.

그러다 보니 놈은 고등학교 때부터 길거리를 가면 아는 사람 천지였다.

거기에다 성격마저 좋아서 대화를 나누면 다른 사람에게 즐거움을 주었기 때문에 박강호는 유문상을 보고 마당발이라 불렀다.

가난한 처지도 비슷했다.

유문상은 부모님이 다 돌아가시고 형님으로부터 지원을 받아 공부를 해서 서울에 있는 D대학에 다니고 있었다.

아마, 가난함이 끼니를 해결하는 능력을 그에게 부여한 모양이다.

놈은 정확하게 저녁 식사 시간에 맞춰 나타났는데 반찬이 별로 없음에도 게걸스럽게 먹어치우며 세상에서 가장 맛있었다고 어머니를 추켜세웠다.

박강호가 제대를 하고 자리 잡은 문간방으로 옮긴 둘은 그동안 있었던 일들에 대해서 소식을 주고받았다.

대학에서 있었던 이야기, 그리고 군대에서 있었던 일들.

유문상은 1학년을 마치고 군대를 갔다 왔기 때문에 오히려 박강호보다 군대는 선배다.

　　오랜만에 만난 친구라서 둘의 이야기는 그칠 줄을 몰랐다.

　　그러다가 친구들의 이야기가 시작됐는데 유문상의 입에서 박강호를 충격으로 몰아넣는 이야기가 흘러나왔다.

제16장
서울로 가다

"병호 만난 지 오래됐지?"

"대학 들어가고 한 번도 보지 못했다. 넌 만나봤냐?"

"나도 오래전에 보고 그동안 못 봤다. 그저 소식만 들었을
뿐이야."

"어떤 소식?"

박강호가 묻자 유문상이 입맛을 다셨다.

자신의 입으로 말하는 것이 싫다는 표정이었다.

그랬기에 독촉했더니 유문상은 어쩔 수 없다는 듯 천천히
입을 열었다.

"그놈이 Y대에서 4년간 장학금을 내리 받았단다. 그리고 동성그룹에 입사한 후 올 초에 군대를 갔대."

"동성그룹?"

"그래 그 잘나간다는 동성그룹."

"공부를 정말 열심히 한 모양이구나."

"놈은 자기가 이해되지 않은 부분이 있으면 수업도 들어가지 않았을 정도라고 하더라. 잠은 6시간만 잤고 새벽부터 저녁까지 도서관에서 살았다고 하더군."

"정말이냐?"

"그랬으니까 공고를 나온 놈이 명문 Y대에서 장학금을 타고 다녔겠지. 그렇다 해도 동성그룹까지 떡하니 합격할 줄은 꿈에도 생각하지 못했다."

동성그룹이라면 재계 20위 안에 드는 대그룹이다.

대학생들이라면 누구나 꿈꾸는 좋은 기업은 맞지만 그렇다고 초일류 기업이라 말할 수는 없다.

그럼에도 유문상이 놀라움을 표시한 건 그의 처지로는 동성그룹을 들어가는 게 불가능에 가까웠기 때문일 것이다.

민병호는 공부를 제일 잘해서 박강호를 옆에 끼고 공부를 가르쳤던 놈이었다.

부모님이 떼부자라서 적극적인 지원을 해준 것도 아닌데 민병호는 한 번도 1등을 놓쳐본 적이 없다.

물론 마천공고에서 그랬기 때문에 그를 수재라고 생각하지 않았다.

마천공고에서는 일주일만 공부해도 10등 안에 들 정도로 형편없는 놈들이 모인 곳이었기 때문이다.

그런데 막상 유문상에게 그의 이야기를 듣자 머리가 삐쭉 설 수밖에 없었다.

군대에서 말년 몇 달 동안 정말 열심히 공부했다고 생각했는데 민병호가 했다는 짓을 듣자 기가 막혔다.

그렇게 열심히 공부해서 4년 동안 내리 장학금을 받고도 동성그룹에 입사했다는 것은 자신의 꿈이 얼마나 허황된 것인지 알려주는 것이었다.

박강호의 꿈은 천하그룹이었다.

천하그룹은 국내 최고의 기업이었고 세계 기업 순위 45위에 올라있는 글로벌 기업으로 모든 대학생이 들어가길 갈망하는 꿈의 직장이었다.

좌절하지 않고 최선을 다한다면 끝내 꿈을 이뤄낼 수 있을 거라 생각했다.

세상에는 불가능이 없다는 것을 믿었기에.

유문상이 돌아간 후 박강호는 한동안 움직이지 않았다.

많은 고민을 했고 현실과의 타협도 생각했다.

자신보다 더 치열하게 살아온 민병호도 동성그룹에 만족할 수밖에 없었는데 그보다도 훨씬 노력하지 않은 자신이 천하그룹을 꿈꾸는 건 현실과 맞지 않았기 때문이었다.

그러나 최종 결론은 똑같았다.

그의 가슴속에 들어 있는 것은 오직 천하그룹에 들어가서 자신의 꿈을 펼쳐보겠다는 욕망뿐이었다.

큰형 내외는 구미에서 살았다.

워낙 이른 나이에 분가해서 조카가 둘이나 있었기 때문에 사는 것이 넉넉지 않았다.

그럼에도 장남이라는 책임을 어쩌지 못하고 동생들이 전부 분가를 해서 떠나자 직장을 그만두고 집으로 돌아왔다.

물론 새로운 직장은 얻었다.

중장비 기사 자격증을 가지고 있었기 때문에 큰형은 이전 직장보다는 못했지만 C시의 커다란 공장에 취직할 수 있었다.

큰형 식구가 부모님께 인사하는 것을 보며 마음이 짠하게 아파왔다.

없이 살았지만 큰형 내외는 명절이나 부모님의 생신을 한 번도 거른 적이 없을 정도로 착한 사람들이었다.

사랑스러운 조카들은 박강호를 무척이나 따랐다.

아직 어렸기 때문에 잊었을 만도 하련만 박강호가 휴가를 나와 찾을 때마다 조카들은 그의 옷깃을 잡고 떨어지지 않았다.

큰형의 살림살이는 많지 않았기에 이사하는 데 오랜 시간이 걸리지 않았다.

장남이라는 이름이 갖는 의미는 꽤 컸다.

아버지와 어머니는 큰아들이 집으로 돌아오자 연신 웃음을 멈추지 못했다.

부모님을 모시고자 돌아온 큰아들에 대한 믿음과 안심이 두 분을 편안하게 만드는 것 같았다.

기뻤다.

어떤 것이든 부모님이 행복해질 수만 있다면 그것으로 족했기에 큰형이 너무나 고마웠다.

이사를 마치고 이틀 후 박강호는 부모님께 인사를 하고 서울로 향했다.

부모님께서는 막내아들을 더 붙잡고 싶어 하셨다.

오랜 세월을 떨어져 지낸 막내가 아직 복학할 시기도 아닌데 서울로 올라가겠다고 하자 걱정과 아쉬움으로 쉽게 그를 보내지 않으려 했다.

그러나 박강호의 결심은 확고해서 부모님과 큰형의 만류를 간곡하게 가로막았다.

"올라가서 공부하겠습니다. 여기서 하는 공부는 한계가 있으니 저는 서울로 올라가서 죽도록 공부할 생각입니다."

"방은 어쩌려고 그러냐. 큰누나 집으로 다시 들어갈 생각이야?"

"아닙니다. 학교 옆에 방을 구할 생각입니다."

"돈은 어쩌고?"

"걱정하지 마세요. 제가 벌어놓은 돈이 있으니까 졸업할 때까지 충분히 공부할 수 있습니다."

믿는 것이 있으니 마음이 편했다.

비록 조폭들로부터 받은 것이었지만 만약 그 돈이 없었더라면 박강호는 이런 결심을 할 수도 없었을 것이다.

군에 있을 때 조폭 일제 소탕령이 내려져 서울에는 깡패들을 찾아볼 수 없다는 말을 들었다.

신문에서는 조폭 소탕 결과를 수시로 보도했었는데 칠성파는 물론이고 충정파의 조직원들은 전부 감옥에 들어가 있는 상태였다.

거기에는 그에게 돈을 주었던 윤필용은 물론이고 중간보스인 김길환과 박영도의 이름까지 포함되어 있었다.

다행이었다. 그리고 안심이 되었다.

다시는 조폭과 얽히지 않겠다는 다짐을 하늘이 도와주고 있으니 앞으로는 공부에 전념할 수 있을 것이다.

박강호의 짐은 책들과 몇몇 옷가지가 전부라 한 손으로 들 수 있을 정도였다.

무작정인 상경이다.

앞으로의 대책도 없었고 마련된 집도 없이 무작정 공부만 하겠다는 생각으로 올라갔다.

지금쯤 학교는 푸른 5월을 맞아 청춘들이 캠퍼스를 거닐며 낭만을 만끽하고 있을 것이다.

버스를 타고 지하철로 갈아탄 후 또다시 버스를 이용해서 학교로 향했다.

당장 그에게 중요한 것은 잠잘 곳이었기에 어떤 식으로든 먼저 그것부터 해결해야 했다.

돈은 있었지만 방을 구하는 데 시간이 걸리기 때문에 당분간은 친구들에게 도움을 청할 생각이었다.

친하게 지낸 고홍준과 최현승은 서울 놈들이었고 아직 제대를 하지 않았지만 과 동기들이나 서클 친구들은 촌에서 올라온 놈들이 많아 자취하는 경우가 쌔고 쌨다.

학교에 들어서자 생각했던 것처럼 수많은 젊은 청춘들이 캠퍼스를 채우고 있었다.

얼마나 보고 싶었던 정경이란 말인가.

중앙로로 들어서자 감회가 새로웠다.

꿈속에서도 이 거리를 걸었고 이 거리에서 또다시 다른 꿈을 꾸었다.

즐거움과 슬픔, 그리고 분노와 괴로움이 상존했던 신입생 시절.

처음에 가졌던 청운의 꿈은 현실의 벽에 부딪혀 아직 어렸던 박강호를 나락으로 빠뜨렸었다.

그럼에도 언제나 꿈을 꾸었다.

이 캠퍼스에서 청룡처럼 비상하며 날아오르는 꿈을 말이다.

"강호 아니냐?"

"어, 상훈아. 반갑다."

중앙로를 통해 걸어오던 최상훈이 놀란 눈으로 다가왔다.

그건 박강호도 마찬가지였다.

무려 3년 만에 만난 최상훈의 모습은 예전이나 똑같았지만 왠지 모르게 성숙하게 느껴졌다.

최상훈은 같은 클래식 기타반에 다니면서 친해졌는데 과만 같았다면 늘 같이 어울려 다녔을 정도로 성격이 좋았다.

"언제 제대한 거야?"

"한 달 조금 넘었다."

"해병대에 다녀왔다면서. 그래서 그런가 머리가 아직 짧네."

"아직 얼마 안 됐으니까. 조만간 자라겠지."

그의 말대로 머리는 아직 자라지 않아 짧았다.

해병대는 윗머리만 남겨놓고 거의 빡빡으로 밀기 때문에 한 달이 지났어도 박강호의 머리는 그 모양을 고스란히 유지하고 있었다.

최상훈은 예전 잘생겼던 박강호와 지금의 모습이 쉽게 겹쳐지지 않는 모양이었다.

그가 화제를 돌린 것은 박강호가 쑥스럽게 자신의 머리를 쓰다듬었을 때였다.

"복학은?"

"아직, 제대가 늦어서 후학기나 할 수 있을 것 같다. 너는?"

"나는 방위 갔다 왔잖아. 이번 학기만 지나면 졸업이다."

"재수가 좋은 놈일세."

"그런데 복학도 안 했다면서 뭐하러 올라온 거야? 그 짐은 뭐고?"

"미리 올라와서 공부 좀 하려고. 그나저나 아무래도 네가 내 구세준가 보다. 너 아직도 자취하지?"

박강호가 기대에 찬 눈으로 물었다.

예전 수업이 빌 때 최상훈의 자취방에 놀러 갔던 기억이 불쑥 생각났기 때문이었다.

최상훈은 박강호보다 훨씬 촌에서 올라왔는데 제 말로는 전라도 깡촌에서 용이 태어났다는 말까지 들었다고 자랑했다.

"제대했다고 뻔한 형편이 어디 가나. 후문 쪽에서 하고 있어. 그건 왜 물어?"

"그럼 당분간 네 신세 좀 지자. 조만간 집을 얻어 나갈 테니까 사정 좀 봐주면 안 되겠냐?"

"안 될 게 뭐가 있겠어. 그렇지 않아도 혼자 있으려니까 심심했다. 그런데 방값은 낼 거지?"

"낸다. 후하게."

"오케이. 그렇다면 받아주지."

이야기를 나누다가 같이 저녁을 먹은 두 사람은 곧장 최상훈의 자취방으로 향했다.

워낙 가난한 놈이니 좋은 집에 살 거란 생각은 하지 않았지만 막상 들어가자 하품이 나올 정도였다.

최상훈이 사는 방은 본채와 붙어 있었지만 뒤쪽으로 출입문이 나 있었고 다섯 평도 안 돼 보였다.

원래는 본채와 연결되어 있었던 듯 맞은편에도 문이 달려 있었는데 그쪽에서 주인이 움직이는 소리가 고스란히 들렸다.

안에서 움직이는 소리가 들린다면 이곳에서 움직이는 소리도 안채로 들린다는 소리다.

더군다나 학교와 꽤나 떨어져 있어 걸어서 다니려면 거의 20분이 넘게 걸렸다.

그럼에도 박강호의 입에서는 다른 말이 흘러나왔다.

"방 좋다."

"개뿔."

"이만하면 살 만하다. 아주 좋아."

"없혀살려고 안 하던 짓까지 하는구만. 어쨌든 짐이나 풀어."

최상훈이 통박을 주었다.

예전의 박강호는 과묵해서 별로 말이 없었는데 군대 갔다 오더니 전혀 다른 사람처럼 보였기 때문이었다.

그럼에도 얼굴에는 웃음기가 가득했다.

사람이 좋은 쪽으로 변한다는 건 보는 사람을 즐겁게 만드는 이유로 충분했다.

짐을 다 푼 박강호가 슬그머니 자리에서 일어나자 최상훈이 물었다.

"어디 가?"

"새 둥지를 들었으니 수색을 해봐야지."

"무슨 수색?"

"갈 곳과 가지 말아야 할 곳은 알아놔야 되지 않겠냐."

"얼씨구."

"주인이 주로 쓰는 곳이 어딘지, 그리고 세면은 어디서 하는지를 알아봐야 되잖아. 그리고 제일 중요한 화장실도."

"치밀한 놈. 화장실은 공동이야. 돌아가면 오른쪽에 있고 거기서 세면도 같이 해야 돼."

"알았다."

"수색 잘하고 와. 나는 잠깐 쉬고 있을 테니까."

최상훈이 벌렁 드러눕는 소리를 뒤로하고 박강호는 오른쪽에 나 있는 작은 길을 따라 돌아갔다.

제일 먼저 확인해야 될 곳은 역시 화장실이었다.

중간 지점.

이곳에서는 주인과 가난한 자취생의 영역 경계선에 화장실이 있었다.

문을 열고 안을 보자 의외로 깨끗했다.

다행히 화장실은 수세식이었고 그 옆으로 수도가 달린 세면장이 있었는데 빨랫비누와 세숫비누가 가지런히 놓인 통이 보였다.

마치 전쟁에 나간 병사가 적진을 탐색하듯 화장실을 지나 안쪽으로 천천히 돌아갔다.

뒷문으로 들어섰을 때는 하품이 나올 정도로 허름한 집이라 생각했는데 막상 앞에는 꽤나 널찍한 마당이 펼쳐졌고 거기에는 각종 운동기구가 놓여 있었다.

마당에 이어 본채가 눈으로 들어왔다.

본채 역시 예상보다 훨씬 괜찮았다.

출입문이 타일로 치장된 정면은 이 집이 결코 생각한 것처럼 허름하지 않다는 것을 알려주는 것이었다.

여기저기 탐색을 마친 박강호가 다시 방으로 들어서자 머리를 땅바닥에 댄 채 쉬고 있던 최상훈이 눈을 떴다.

"무슨 수색이 그렇게 빨라?"

"별거 없으니까. 그나저나 이 집 식구는 몇 명이냐?"

"셋. 딸이 하나 있어."

"조촐해서 좋네."

"이 집 딸이 E대 4학년이란다. 그런데 나는 지금까지 한 번도 못 봤다."

"왜?"

"너도 눈으로 봤잖아. 이를테면 분단의 아픔이랄까. 안채로 갈 일이 없으니까 볼 수가 없지. 더군다나 나는 졸업해야 되는 몸 아니냐. 나 바쁜 몸이다."

최상훈이 익살스러운 표정을 지었다.

바쁘다고는 했지만 오늘 하는 짓 봐서는 절대 바쁘게 사는 것 같지 않았다.

놈은 지금 현재 가장 잘나간다는 기계과에 다니고 있어 후학기가 되면 기업에서 스카우트 제의가 쏟아져 들어올 게 뻔했다.

그랬기에 박강호는 인상을 찌푸리며 물었다.

"그런데 어떻게 알았어?"

"들어올 때 주인아주머니가 자랑하더라. 자기 딸이 E대 4학년이라고. 무용학과란다."

E대는 여자대학교 중에서는 톱이었다.

주인아주머니는 자기 딸에 대한 자부심이 있었던 모양이다.

그렇지 않았다면 최상훈에게 먼저 알려주지 않았을 테니까.

그랬기에 박강호는 풀썩 웃었다.

"무용학과면 몸매가 좋겠네. 너 같은 카사노바가 어찌 참았을까?"

"괜히 찝쩍댔다가 쫓겨날 일 있어? 이 방도 얼마나 힘들여서 구한 건데 그런 짓을 하냐. 남자는 나아갈 데와 물러설 데를 알아야 하는 거야."

"철들었구나."

"어쨌든 걸리면 나도 곤란하니까 잠복 잘해. 나만 사는 줄 아실 텐데 네가 있는 걸 알면 놀라실 거다."

"걱정 마라. 걸릴 일 없을 테니까."

"인마, 우리 주인아주머니가 얼마나 눈치 빠른 분이신지 네가 몰라서 그래. 얼마 안 가서 걸릴 거다."

"걸리면 어쩌지?"

"뭘 어째. 조금만 있다 간다고 이실직고해야지. 내가 조금 깨지겠지만."

"하여간 고맙다."

"고마우면 나한테 잘해. 밥도 팍팍 사고."

쉽게 잠이 오지 않았다.

불이 꺼진 방은 달빛을 받아 희미하게 천장이 보였지만 박강호의 눈은 천장을 넘어 미지의 세계로 넘어가 있었다.

생각에 생각이 꼬리를 물었고 그 생각이 또 다른 생각을 떠올리게 만들었다.

옆에서는 최상훈의 코 고는 소리가 음악처럼 울렸다.

큰 소리는 아니었고 규칙적이라 잠자는 데 방해가 될 정도는 아니었다.

군대에서는 이보다 더한 놈들도 많았으니까.

그럼에도 잠이 들지 못하는 것은 자신의 꿈을 이루기 위한 첫걸음이 시작되었기 때문일 것이다.

어느새 잠들었는지 눈을 뜨자 창문 너머로 빛이 새어 들고 있었다.

"일어나라. 날 밝았다."

"음… 몇 신데?"

"6시."

"이 미친놈아 6신데 왜 깨워!"

"밥 먹고 학교 가야 되잖아?"

"오늘은 첫 수업이 10시다. 그러니까 더 자도 돼."

"공부 안 해?"

"공부는 무슨… 자빠져 자라."

"밥은 언제 먹는데. 배고프다."

"아주 지랄을 하는구만. 매식집도 이 시간에는 안 여는데 나보고 어쩌라고!"

"매식집이 뭐냐?"

"촌놈이라 매식집도 모르는구만……."

최상훈이 가르쳐 준 매식집의 정체는 아예 대놓고 집처럼 밥을 먹는 곳이었다.

학생들에게 일정 금액을 받아서 밥을 먹을 때마다 까나가는 방식을 취했는데 최상훈이 먹는 집은 학교 정문 근처에 있다는 것이었다.

그의 말에 따르면 학생 식당보다는 조금 비싸지만 워낙 반찬이 깔끔하게 잘 나오기 때문에 촌에서 올라온 학생들에게 인기가 많다고 했다.

최상훈은 이불을 다시 뒤집어쓰고 잠이 들었다.

놈은 절대 일어날 생각이 없는 것 같았다.

역시 방위 출신다웠고 인기 학과에 다니는 만큼 사는 게 더없이 편했다.

천천히 일어나 옷을 입고 수건을 든 채 바깥으로 나왔다.

그런 후 가볍게 몸을 푼 후 세면장으로 가서 머리를 감고 얼굴을 씻었다.

최대한 빨리 마쳐야 들키지 않는다는 생각에 행동은 더없이 빠를 수밖에 없었다.

대충 머리를 말린 박강호는 가방에 책을 담고 학교로 향했다.

당장에라도 직접 눈으로 확인하고 싶었다.

이 시간에 어떤 사람들이 도서관을 채우고 있는지, 그리고 얼마나 굳은 의지로 살아가는지를 보고 싶었다.

도서관은 학교의 중심부에 위치했는데 윤선아와 사귈 때 자주 갔던 곳이다.

물론 시험 기간에 수업이 없는 시간만 잠깐씩 갔었기 때문에 이 시간에 오는 건 처음이었지만 눈에 익은 모습이었다.

새벽이 주는 상쾌함을 맞으며 잠깐 서서 캠퍼스를 바라봤다.

캠퍼스에는 사람들은 보이지 않았고 새들의 지저귐 소리만 들려왔을 뿐이다.

도서관으로 들어가 성큼성큼 걸었다.

이 시간에 학생들이 있을 거란 생각은 못 했기에 행동에 조심스러움을 담지 않았다.

열람실 문을 열고 들어가자 고요가 찾아왔다.

숨소리조차 들리지 않는다.

처음에는 사람이 없기 때문일 거란 생각을 했지만 곧 그것이 잘못된 것이란 걸 알았다.

자신도 모르게 시간을 봤다.

아침 6시 반.

도서관의 열람실은 학생들로 거의 반이 채워져 있었는데 그들에게는 숨소리조차 들리지 않았다.

너무 놀라 숨이 막혀왔다.

충격!

아… 이것이구나.

치열하게 살아가는 모습들이.

움직이는 것조차 미안해서 들어갈 때와는 다르게 조심스럽게 빠져나와 박강호는 10개의 열람실을 하나씩 들여다봤다.

똑같은 모습. 똑같은 열기.

그렇다, 열기가 맞다.

학생들은 공부에 집중하느라 그 누구도 박강호를 향해 시선을 돌리지 않았지만 그들에게서는 그 어떤 것보다도 더 뜨거운 열기가 흘러나오고 있다는 게 느껴졌다.

박강호는 도서관 로비로 가서 커피를 뽑은 후 천천히 걸어나와 담배를 피워 물고 벤치에 앉았다.

열람실에서 지금 공부하는 학생들의 의지가 절대 자신에게 뒤지지 않을 거란 생각이 들자 슬며시 오기가 피어올랐다.

나오는 길에 관리인에게 묻자 도서관의 개방을 5시부터 하고 12시에 문을 닫는다는 소릴 들었다.

지지 않는다.

남들이 어떻게 하든 나는 그들보다 더 지독할 자신이 있기 때문이다.

남들이 12시간을 공부하면 나는 18시간을 할 것이고, 그들이 300일을 공부하면 나는 365일을 공부하면 된다.

박강호는 열람실로 돌아가 공부를 하다가 8시에 자리를 빠져나왔다.

최상훈이 가르쳐 준 매식집을 찾아보기 위함이었다.

학교 정문으로 나가다 보니 '매일식당'이란 간판이 눈으로 들어왔다.

식당은 큰길에서 골목길로 접어들어 50m 정도 떨어진 곳에 위치하고 있었는데 허름한 기와집을 개조해서 만들어놓은 곳이었다.

박강호가 들어서자 부지런히 쟁반을 들고 나오던 할머니가 시선을 맞춰왔다.

식당에는 벌써 이십여 명의 학생이 밥을 먹는 모습이 보였다.

"첨 보는 얼굴이네. 새로 온 겨?"

"예."

"매식할라고?"

"그럴 생각입니다. 한 달에 얼마를 내면 되죠?"

"일단 5만 원만 내. 다 먹으면 다시 내야 되고. 세끼 다 먹을 거냐?"

"그래야 될 것 같습니다."

"그럼 일단 들어가서 먹어. 입맛에 안 맞을 수도 있으니까 먹어보고 결정해."

"알겠습니다."

방으로 들어갔음에도 학생들은 정신없이 먹는 데 집중하느라 박강호를 쳐다보지 않았다.

그랬기에 빈자리에 가서 앉자 5분도 안 돼서 할머니가 쟁반에 음식을 담고 들어왔다.

아마, 음식들을 사람 숫자만큼 미리 준비해 놨다가 내오는 모양이었다.

피식 웃음이 나왔다.

어쩐지 터무니없이 싸다고 했더니 다 이유가 있었다.

밥과 김칫국, 그리고 계란말이, 멸치조림과 김치가 전부인 차림이었다.

그럼에도 음식은 입에 달라붙었다.

이곳이 학생들에게 인기가 있다더니 할머니의 음식 솜씨는 아주 훌륭했다.

첫날은 공부에 집중할 수 없었다.

당장 해결해야 되는 방 문제가 남았기 때문에 박강호는 10시가 조금 넘자 책들을 가방에 넣고 다시 도서관을 빠져나왔다.

태어나서 복덕방을 방문하는 것은 처음이었다.

어떻게 해야 되는지도 몰랐고 계약에 대한 것도 문외한이었다.

그럼에도 누군가 대신 해줄 사람이 없으니 직접 부딪쳐야 했다.

정문에서 한참 걸어서 골목길로 들어서자 허름한 건물에 복덕방이란 간판이 보였다.

문을 여는 것과 동시에 여러 쌍의 눈길이 한꺼번에 박강호를 향해 왔다.

복덕방 안에서는 할아버지들이 장기를 두고 있었는데 말을 붙여온 것은 책상에 앉아 있던 돋보기를 쓴 할아버지였다.

"어쩐 일이야?"

"방을 구하려고 왔습니다."

"전세?"

"아닙니다. 자취방을 구하려고 합니다."

"자취방을 구하는데 왜 이제서 와?"

"무슨 말씀이신지……."

"학생이지?"

"예."

"학교가 시작돼서 한 말이야. 학교가 끝나면 더러 나오지만 지금은 한창 공부 중이잖나. 지금은 자취방이 나온 게 없어."

"하나도 없습니까?"

"웬만하면 전세로 해. 전세는 몇 개 있으니까. 가볼래?"

"아닙니다. 전세 얻을 돈은 없습니다."

"그럼 가봐. 하지만 이 동네서는 자취방 얻기 힘들 거야."

더 이상 볼일이 없다는 듯 할아버지는 고개를 돌렸기 때문에 박강호는 어쩔 수 없이 복덕방을 빠져나와야 했다.

그때부터 하루 종일 수십 개의 복덕방을 찾아다녔지만 대답은 똑같았다.

학기가 끝나기 전까지 자취방은 구하기 어려울 것이란 이야기였다.

고민은 되었지만 그렇다고 고민을 끌어안고 사는 성격은 아니다.

부딪쳐서 안 되면 차선책을 선택하면 된다.

이보다 더 어려운 일도 헤쳐 나갔으니 당장 머리를 누일 곳이 있는 이상 박강호는 복덕방 찾는 걸 멈추고 도서관으로 돌아갔다.

매식집에서 저녁을 먹고 학교로 들어서자 도서관의 찬란한 불빛이 눈을 자극해 왔다.

따뜻했다. 그리고 반갑다.

성큼성큼 들어가 빈자리에 앉아 가방에서 책들을 꺼내놓았다.

하지만 책들을 펴는 대신 연습장을 꺼내 들고 커다란 원을 그렸다.

그의 지론은 무슨 일을 하든 계획을 세워야 한다는 것이었다.

그랬기에 그는 연습장을 펴놓고 일과에 대한 계획을 세우기 시작했다.

물론 공부에 대한 것이다.

어떻게 어떤 식으로 공부를 하는 게 가장 효율적인지 먼저 계획을 세워놓지 않으면 시간을 낭비할 가능성이 컸다.

계획이 모두 서면 대기업들이 어떤 방식으로 신입 사원을 뽑는지도 명확하게 파악할 생각이었다.

천하그룹이란 목표가 세워진 이상 다른 회사에는 눈을 돌릴 생각은 없었으나 출제 경향을 알기 위해서는 다방면의 정

보 수집이 필요했다.

박강호가 세운 계획은 일분일초의 낭비도 없는 것이었다.

새벽 4시 반에 기상해서 5시부터 도서관이 문을 닫는 12시까지 밥 먹는 시간을 빼고는 온통 공부하는 것으로 채워져 있었다.

누군가 그의 계획을 봤다면 미쳤다고 할 정도였지만 박강호는 계획표를 앞에 두고 눈을 감은 채 전의를 다졌다.

살아간다는 것, 꿈을 이룬다는 것.

불꽃처럼 인생을 살겠다는 다짐은 전쟁에서 목숨을 거는 것처럼 치열해야 된다고 생각했다.

그랬기에 그는 자신이 짜놓은 계획표를 서슴없이 열람실의 책상에 붙였다.

목표를 천하그룹에 둔 것은 빨리 돈을 벌고 싶다는 마음에서 비롯된 것이다.

고시도 생각해 봤지만 너무나 큰 부담이 느껴졌다.

많은 선배들이 고시에 도전하면서 온갖 괴로움을 겪는 걸 두 눈으로 봤다.

그들에게는 당분간 돈을 벌지 않아도 지원해 줄 부모님이 계셨지만 박강호에게는 그런 배경도 없었다.

그랬기에 천하그룹을 꿈꿨고 거기서 야망을 펼치고자 했다.

돈을 벌어 자식들을 위해 희생한 부모님께 효도를 하고 싶었다.

날이 갈수록 야위어가는 아버지, 그리고 다리를 절면서도 자식들을 먹이기 위해 평생을 애쓴 어머니.

돈 때문에 겪어야 했던 두 분의 괴로움은 박강호의 가슴속에 뿌리처럼 깊게 박혀 있었다.

두 분의 괴로움을 보상해 드릴 수 있는 방법은 하루라도 빨리 돈을 벌어 효도하는 것뿐이었다.

텔레비전에서나 봤던 맛난 음식을 드시게 할 것이다.

고급 옷을 사드리고 해외여행도 시켜 드리고 싶었다.

처음은 어려웠다.

책상에 앉아 새벽부터 자정까지 공부에 매달린다는 것은 절대 쉬운 일이 아니었다.

군대에서 공부하던 것과 제대해서 시립도서관에 다닌 것은 장난처럼 여겨졌다.

가장 큰 적은 수면 부족이었다.

갑자기 잠자는 시간을 줄여 버리자 정신 집중이 어려웠다.

그럼에도 이를 악물고 계속해서 계획표대로 움직이자 점점 익숙해지기 시작했다.

인간의 의지는 불가능해 보이는 일도 가능하게 만드는 불가사의한 힘이 있다.

박강호가 제일 먼저 한 것은 대기업의 출제 경향을 파악해서 자신의 현재 상태를 알아내는 것이었다.

도서관 자료실에 올라가 각 기업의 과년도 문제를 복사해 온 것도 그런 이유 때문이었다.

대기업의 시험 출제는 대부분 전공과 영어로 나뉘어 있었다.

그리고 2차 면접에서는 본부장들로 구성된 심사 위원들이 영어 프리토킹과 전공에 대한 질문으로 최종 합격자를 결정하는 시스템이었다.

기출문제를 풀어본 박강호는 한동안 멍하니 앉아 시험지를 뚫어지게 바라봤다.

전공은 아직 배우지 않은 것들이었으니 그러려니 했지만 영어마저 20점도 나오지 않자 당황스러움에 어쩔 줄 몰랐다.

나름대로 제대하기 전부터 열심히 했다고 했는데 기출문제에 나온 문제들은 영어가 아니라 외계어로 보일 지경이었다.

천하그룹에 합격하기 위해서는 평균 90점은 넘어야 한다는 리쿠르트지의 보고서를 본 적이 있었다.

지금의 실력으로는 천하그룹이 아니라 민병호가 입사했다는 동성그룹은 물론이고 중소기업에도 들어가기 힘들 정도였다.

실망은 되었지만 그렇다고 낙담을 한 것은 아니다.

아직 그에게는 2년 반이란 시간이 남아 있으니 말이다.

최상훈이 박강호를 찾아온 것은 얹혀살기 시작한 후 보름이 지났을 때였다.

그는 입방 다음 날부터 미친놈이 되어버린 박강호의 얼굴을 제대로 본 적이 없었는데 오늘은 아예 작정하고 점심시간에 맞춰 찾아왔다.

박강호는 새벽에 나가 자정이 넘어서야 도둑고양이처럼 기어들어 왔기 때문에 같은 방을 쓰면서도 얼굴 보기가 힘들었다.

더군다나 밥 먹는 시간마저 달라서 최상훈이 그의 얼굴을 본 건 보름 동안 전부 합해 1시간도 되지 않았다.

"밥 먹으러 가자."

"응?"

불쑥 도서관으로 찾아온 최상훈이 열람실 칸막이를 툭툭 건드리자 박강호가 놀란 눈을 했다.

천하태평으로 사는 놈이 갑자기 찾아온 게 이상했기 때문인데 최상훈은 따라 나오라는 시늉만 한 채 먼저 성큼성큼 걸음을 옮겨나갔다.

시간을 보자 12시가 훌쩍 넘어 밥 먹을 때가 되긴 했다.

그랬기에 박강호는 연필을 내려놓고 열람실을 나갔다.

"밥은 먹고 사는 거냐?"

"굶어 죽지는 않아. 수업 끝났냐?"

"그러니까 왔지. 가자."

"그래."

도서관에서 정문까지는 거의 500m가 넘는다.

항상 혼자 걷던 거리를 최상훈과 같이 걸어가자 새삼스레 주변 풍경들이 눈으로 들어왔다.

5월의 싱그러움.

캠퍼스를 걸어가는 학생들의 얼굴에는 웃음꽃이 활짝 피었고 그 웃음을 더욱 빛나게 해주는 나무들과 꽃들이 배경처럼 깔려 있었다.

최상훈이 불쑥 입을 연 것은 박강호가 주변을 돌아보며 잠깐 상념에 잠겨 있을 때였다.

"너 미친 건 아니지?"

"미치다니. 갑자기 뭔 소리냐?"

"보름 동안 너 하는 짓을 보니까 완전 미친놈 같아서 하는 말이야."

"내 정신은 생생하다. 걱정하지 마."

"인마, 갑자기 페이스를 그렇게 만들면 힘들어져. 대충 네 사정은 알겠지만 장기 레이스를 하려면 페이스 조절을 해야 된단 말이다."

"알아, 하지만 나는 시간이 없어. 너한테는 2년 반이 긴 시간이겠지만 나에게는 순간처럼 느껴진다. 그러니까 그냥 지켜보기나 해."

"지금의 너를 누가 말리겠냐. 그래도 시간이 지나면 내 말뜻을 이해하게 될 거다. 사람은 휴식을 취하지 않으면 병이 나는 동물이야. 그러니까 페이스 조절 잘해."

"고맙다."

친구란 이렇다.

걱정해 주고 가진 것을 나눠주는 최상훈이 박강호는 너무나 고마웠다.

그랬기에 그는 진심으로 최상훈의 충고를 받아들였다.

이런저런 이야기를 나누면서 매식집에 도착한 두 사람은 비슷한 반찬이 나온 밥상에 앉아 맛있게 점심을 먹었다.

밥은 혼자 먹는 것보다 여럿이 먹는 게 훨씬 맛있다고 했는데 최상훈과 같이 이야기를 하면서 밥을 먹자 그 말이 가슴으로 다가왔다.

최상훈이 불쑥 생각지 못했던 말을 꺼낸 것은 거의 식사가 끝나갈 무렵이었다.

"강호야, 너 선아 소식 못 들었지?"

당연히 모른다.

군대를 가기 전 가슴 아픈 이별을 했고 그 이후로는 어떤 소식도 듣지 못했다.

휴가를 나와서도 학교를 찾은 적은 한 번도 없었다.

조폭들과 다시는 엮이고 싶지 않다는 마음에 오랫동안 학교를 찾지 않았다.

더군다나 친하게 지내던 고홍준과 최현승마저 박강호가 군대를 간 이후 약속이나 한 것처럼 몇 달 사이로 입대를 했기 때문에 그녀의 소식을 전해줄 사람은 전무한 상태였다.

물론 알아보려면 충분히 알아볼 수 있었다.

하지만 그렇게 하지 않았다.

유행가 가사처럼 그녀의 행복을 위해 보내주었으니 다시 찾는다는 건 말도 안 되는 일이라 생각했다.

그런데도 막상 최상훈의 입에서 윤선아의 이야기가 새어 나오자 자신도 모르게 가슴이 떨려왔다.

그녀.

어떻게 지내고 있을까. 어디 아픈 건 아니겠지?

수많은 궁금증이 갑자기 머릿속을 가득 채웠다.

보고 싶었다.

그녀의 맑은 눈과 자신을 바라보던 시선이.

그럼에도 박강호의 입에서 나온 것은 퉁명스러운 반문이었다.

"선아가 왜?"

"듣기 싫으면 하지 말까?"

최상훈의 눈에 장난기가 어렸다.

놈은 같은 서클에 다녔기 때문에 두 사람이 죽고 못 살았던 사이란 걸 너무나 잘 안다.

왜 헤어졌는지는 모르겠지만 말이다.

장난이 묻어 있는 최상훈의 말에 박강호가 풀썩 웃었다.

정곡을 찔렸으니 솔직하게 말하는 게 살아가는 방법이다.

"까불지 말고 말해봐. 걔 어떻게 살아?"

"졸업하고 회사에 취직했어. 은행."

"전산과 나왔는데 은행에 취직을 했어?"

"인마, 전산과는 안 가는 데가 없는 과다. 우리 과와 더불어 요즘 가장 잘나가서 졸업하기 전에 전부 취직을 해. 은행은 그중에서 톱클래스만 가는 곳이고."

"그렇구나."

"강호야, 나 정말 궁금했는데 걔랑 왜 헤어진 거냐?"

"묻지 마, 다쳐."

"지랄한다."

"그래도 잘 살고 있다니 다행이네."

"걔 너랑 헤어지고 한동안 웃음을 잃고 살았어. 서클에 나와도 잠시 있다가 갔을 뿐 예전의 웃음 많았던 선아가 아니더

라. 너랑 헤어진 게 무척 괴로워 보였다."

"그만하자, 그 얘기."

"너도 이유가 있었겠지. 사람이 만나고 헤어지는 건 인연이니까. 하지만 걔가 많이 아파했다."

최상훈의 마지막 말이 다잡은 박강호의 마음을 후벼 팠다.

이별의 아픔은 주는 사람보다 받는 사람이 배나 크다고 했다.

보지 않아도 알 수 있었다.

그녀가 얼마나 힘들어했을지.

하지만 아팠던 것은 그녀만이 아니었다.

단순한 이별이었다면 주는 사람이 덜 아팠겠지만 그들의 이별은 어쩔 수 없는 선택이었으니 박강호의 슬픔과 고통은 그녀 못지않았다.

그럼에도 박강호는 최상훈의 얼굴을 빤히 쳐다보며 웃음을 지었다.

"사람은 헤어지면 아픈 법이야. 그래도 그 아픔은 곧 치유된다. 아마, 선아도 지금쯤 나를 잊은 채 잘 살고 있을 거다."

시간은 빛살처럼 지나갔다.

오직 앞만 보고 달렸고 절대 뒤를 돌아보지 않았다.

미리 전공을 예습했으나 중점을 두고 공부한 것은 기업에서 가장 중시하는 영어였다.

도대체 이해가 되지 않는다.

물론 영어가 중요한 건 알지만 전공과 똑같은 점수를 부여하는 것은 절대 이해할 수 없는 일이었다.

절이 싫으면 중이 떠나야 하는 법.

이해가 되지 않는다고 해서 자신이 어쩌지 못한다면 그에 맞춰야 한다.

영어의 기본은 단어였고 문법이었다.

기출문제에는 고등학교에서와 수준이 다른 단어들이 나왔고 문법도 최고난도의 것들이 출제되었다.

미국 학생들도 이 정도의 단어들과 문법은 보지 못할 정도의 수준이 대한민국 시험에서는 아무렇지 않은 듯 당연히 출제되고 있으니 미치고 펄쩍 뛸 일이다.

어쩔 수 없이 보캐뷸러리 33,000을 살 수밖에 없었다.

33,000 단어를 다 외우면 사전을 통째로 외우는 것과 다름이 없었다.

거기서 파생된 단어들이 대부분이었으니 본류만 공부하게 되면 나머지는 자연스럽게 습득이 가능했다.

토플 책도 여러 권 구매했다.

문법에 관한 것은 대부분의 책들이 대동소이했지만 박강호는 조금의 망설임도 없이 가장 잘 팔린다는 3권의 책을 샀다.

암기력이나 해석 능력이 떨어진다고 생각하지 않았지만 공부는 생각처럼 궤도에 오르지 않았다.

공고를 다니면서 영어를 등한시했고 힘들었던 대학 시절과 군대에서 보낸 기간을 허송세월로 보냈기 때문에 영어 공부는 지지부진을 면치 못했다.

그럼에도 박강호는 자신을 몰아붙였다.

언젠가 끝없이 탐구하고 고민한다면 해결될 것이라 굳게 믿었기 때문이었다.

주인아줌마에게 더부살이가 들통난 것은 최상훈의 예상대로 두 달이 채 되지 않았을 때였다.

새벽에 나와서 자정이 넘어서야 들어갔는데도 그녀는 박강호의 존재를 눈치챘다고 했다.

다행스러운 것은 주인아줌마가 잔소리를 하지 않았다는 것이었다.

하긴 어쩌면 당연한 반응이었을지도 모른다.

하숙도 아니었고 자취방이었으니 한 명이 있든 두 명이 있든 상관할 일이 아니었다.

별스러운 주인이었다면 수도세를 비롯해서 전기세 등을 더 내라고 했을 텐데 그마저도 주인아줌마는 아무런 말을 하지 않았다고 했다.

물론 그 이면에는 최상훈의 적극적인 변명이 있었던 것도 작용했을 것이다.

최상훈은 박강호가 공부에 미쳐서 새벽에 나갔다가 자정이 넘어 들어온다는 것을 이야기하면서 갈 곳 없는 놈이라 어쩔 수 없었다며 사정을 했다고 들었다.

그랬기에 하루 날 잡아 주인아줌마에게 인사를 했다.

당분간 자취방을 구하기 어려운 상황이라면 정식으로 인사를 하고 허락을 받는 것이 옳은 일이라 판단했기 때문이었다.

주인아줌마는 50대 중반의 후덕한 인상을 가지신 분이었다.

그녀는 박강호가 인사를 하자 스스럼없이 웃음을 지었는데 꽤나 반가워하는 모습이었다.

"열심히 공부한다며?"

"죄송합니다. 자취방을 얻을 때까지만 있겠습니다. 미리 양해를 드려야 했는데 쫓겨날까 봐 말씀도 못 드렸습니다."

"괜찮아. 그럴 수도 있지. 상훈이랑 동갑이라고?"

"예, 군대를 갔다 와서 복학하려고 기다리는 중입니다."

"그런데 무슨 공부를 그렇게 열심히 하는 거야? 고시 공부해?"

"아닙니다. 취직 공부를 하고 있습니다."

"복학하면 몇 학년인데?"

"3학년입니다."

"그럼 아직 많이 남은 거 아닌가?"

"실력이 부족해서 열심히 해야 될 것 같습니다."

"아이구, 잘생긴 사람이 겸손하기까지 하구먼. 하여간 알았으니까 열심히 해. 내 집처럼 지내고."

"감사합니다."

다행스러운 상면이었다.

물론 주인아저씨와 E대 다닌다는 딸은 보지 못했지만 내무부 장관에게 허락을 받았으니 이제 불안함을 지우고 마음껏 다녀도 된다는 생각에 마음이 한결 가벼워졌다.

그렇게 세월은 또 유수처럼 흘렀고 주인집 딸과 우연하게 마주친 것은 복학을 눈앞에 둔 8월의 마지막 주 저녁이었다.

어느새 제대를 한 고홍준과 최현승이 도서관에 처박혀 있는 박강호를 끌고 나와 자취방으로 갔을 때 그녀를 처음으로 보게 되었다.

놈들은 제대하자마자 박강호를 찾았는데 군대가 놈들을 철들게 만들었는지 도서관에 둥지를 틀었다.

그날은 박강호의 생일이었다.

어떻게 알았는지 놈들은 최상훈과 짜고 생일 파티를 해주겠다며 억지로 박강호를 도서관에서 끌어냈다.

내키지 않았으나 친구들의 호의를 무시할 수 없었다.

그랬기에 삼겹살을 잔뜩 싸 들고 와서 강짜를 부리는 놈들을 마다하지 못한 채 자취방으로 향했다.

최상훈이 비상용으로 지니고 있던 가스버너가 주섬주섬 꺼내지는 걸 보며 박강호는 상추를 씻기 위해 세면장으로 향했다.

그때 주인집 딸과 정면으로 부딪쳤다.

그녀는 수건과 샴푸를 들고 나타났는데 외출에서 돌아와 세면을 하려는 것 같았다.

미리 준비한 만남이 아니었기에 당황스러워 아무런 말도 하지 못했다.

최현승처럼 여자에게 익숙한 놈이었다면 자연스럽게 인사를 했을 텐데 박강호는 아직 그런 넉살이 부족했다.

하지만 그런 박강호의 당황스러움이 오히려 그녀를 자극했던 모양이었다.

"안녕하세요. 자취하시는 분이죠?"

"아, 네. 더부살이하는 사람입니다."

"엄마한테 얘기 들었어요. 공부를 무섭게 하신다면서요?"

그녀의 조막만 한 입에서 직설적인 질문이 튀어나왔다.

무용학과에 다닌다고 하더니 몸매가 예술이었고 얼굴 또한 수준급이었다.

"부족한 게 많아서 노력하는 중입니다."

"진즉에 궁금했는데 이제야 보네요. 그거 씻을 건가요?"

"예."

"이리 주세요. 내가 씻어줄게요."

"아닙니다. 제가 하겠습니다."

"그냥 주세요. 상추 씻는 건 제 전공이에요."

그녀는 마치 뺏듯이 박강호가 들고 있는 상추를 건네받았다.

그러고는 능숙하게 다라에 물을 받더니 거침없이 씻어 내렸다.

"이름이 뭐예요?"

"박강호입니다."

"난 민정혜라고 해요. 우리 만난 기념으로 악수나 한번 할까요?"

어느새 상추를 모두 씻은 민정혜가 수건에 슥슥 손을 닦더니 불쑥 내밀었다.

여자의 인사.

얼떨결에 손을 내밀어 그녀의 손을 잡았다.

여름이 끝나지 않았기 때문인지 그녀의 손은 금방 물에 담그고 나왔는데도 따뜻했다.

제17장
복학

　방으로 돌아오자 어느새 삼겹살이 고소한 냄새를 풍기며 구워지고 있었다.

　오랜만에 만나는 고기 냄새는 갑자기 위를 자극해서 식욕을 끌어 올렸다.

　그리고 소주.

　놈들은 오늘 작정했던지 소주를 세 병이나 사 와 어느새 일회용 컵에 한 잔씩 따라놓은 상태였다.

　"뭐 하느라고 이제 왔어? 상추 씻으러 가서 죽은 줄 알았다."

"무슨 소리, 금방 왔는데."

"앉아. 고기 다 익었다."

고홍준이 소주잔을 내밀며 자신의 잔을 들어 올렸다.

놈들은 마치 약속이나 한 것처럼 술잔을 들고 생일 축하 노래를 불렀다.

뭔가 이상하다.

생일을 축하하려면 케이크에 꽂힌 촛불을 꺼야 정상인데 놈들은 소주잔을 들면서 노래를 불러재꼈다.

"원샷!"

노래가 끝나자 대뜸 최현승이 소리를 질렀다.

갈수록 태산이라더니 이런 경우가 꼭 그 짝이다.

친구들의 성화에 어쩔 수 없이 술을 마셨지만 마음속에서는 남아 있는 공부가 걱정이 되었다.

하지만 고홍준은 마치 박강호의 속에 들어갔다 온 놈처럼 빈 잔에 소주를 다시 따랐다.

"인마, 오늘 하루만이라도 공부 생각하지 마. 오늘은 네가 태어난 날이다. 이런 날은 하루 쉬어도 돼."

"맞는 말이야. 너 그동안 너무 무리했어. 그러니까 오늘은 그냥 마셔."

최상훈이 맞장구를 쳤고 기다렸다는 듯 최현승이 고개를 끄덕였다.

놈들은 오늘 박강호를 대충 보낼 생각이 전혀 없는 것 같았다.

재밌는 일이 벌어진 것은 세 근이나 사 온 삼겹살이 반쯤 아귀들의 뱃속으로 사라졌을 때였다.

"잠깐 들어가도 돼요?"

갑작스러운 여자의 목소리에 사내 넷이 동시에 움직임을 멈췄다.

고홍준은 고기를 입에 넣은 채 씹는 것을 잊었고 최상훈은 소주병을 들어 술을 따르다가 자신도 모르게 술병을 바닥에 내려놓았다.

그나마 침착한 것은 최현승이었다.

"누구세요?"

"주인입니다. 주인 허락도 받지 않고 생일 파티를 하는 것 같아서 왔어요."

문을 열어놓고 있었기 때문에 금방 민정혜의 모습이 나타났다.

그녀는 생글거리며 웃고 있었는데 사내들이 잔뜩 들어 있는 방을 보면서도 전혀 위축된 모습이 아니었다.

그녀를 확인하고 잽싸게 입을 연 것은 최상훈이었다.

그는 놀람 중에도 반가움을 숨기지 못했는데 어느새 여러 번 본 모양이었다.

하긴 그럴 만도 하다.

워낙 인기 학과였으니 공부는 대충 하면서 할 짓 다 했기 때문에 시간이 지나면서 여러 번 부딪친 게 틀림없었다.

"정혜 씨가 웬일로 이렇게 누추한 곳에 다 오셨어요?"

"방금 말했잖아요. 시끄러워서 왔다고요."

"아, 저희가 너무 떠든 모양이군요. 미안합니다. 조심할게요."

"호호… 그 삼겹살 저도 주면 못 본 체할게요."

"그래주신다면야……."

눈치 빠른 고홍준이 엉덩이를 잽싸게 들어 그녀가 들어올 수 있도록 공간을 확보했다.

그러자 옆에 있던 최현승이 손바닥으로 바닥을 쓸어내는 부산함을 떨었다.

"여기 앉으세요."

"고마워요. 그런데 오늘 누구 생일이죠?"

"여기 이 친굽니다. 제 방에서 더부살이하는 놈이죠. 정혜 씨는 처음 보죠?"

"아닌데요. 우린 구면이에요."

민정혜의 웃음기 가득한 말에 박강호를 그녀에게 소개해 주려던 최상훈이 입을 떡 벌렸다.

그러더니 가자미눈으로 박강호를 째려봤다.

놈의 시선 속에는 '얌전한 고양이가 부뚜막에 먼저 올라갔다'는 괘씸함이 담겨 있었다.

"인마, 눈 찢어지겠다. 방금 전에 상추 씻으러 갔다가 만났어. 그 상추 정혜 씨가 씻어준 거다."

"이 자식아. 그런 일이 있었으면 총알같이 말했어야 되잖아. 음흉한 놈 같으니라고."

"어머, 시간이 한참 지났는데 만났다는 소리도 안 했던 모양이네요."

"그러게 말입니다. 이놈이 타이밍을 잘 못 맞춰요. 정혜 씨가 이해하십시오. 인사하세요. 이쪽은 고홍준이고 이 친구는 최현승입니다."

"안녕하세요. 저는 민정혜라고 해요."

"반갑습니다."

인사를 하는 두 놈의 입이 함지박만 하게 벌어졌다.

친구 놈 생일 파티 해주러 왔다가 완전히 봉 잡았다는 표정들이었다.

처음에도 그렇게 생각했지만 민정혜는 정말 쾌활한 성격을 가진 여자였다.

사내들 속에서 스스럼없이 삼겹살을 오물거리며 먹었고 따라주는 소주도 거절하지 않고 잘도 마셨다.

여자가 끼니 자리는 활기가 넘쳤다.

서로 간의 학교 이야기를 주고받았고 심지어는 미팅 이야기까지 거론됐다.

주범은 최현승이었는데 민정혜의 정체가 E대 무용과라는 걸 안 순간 아주 적극적으로 미팅을 성사시키기 위해 노력을 기울였다.

민정혜는 긍정적인 대답을 했지만 최현승을 제외하고는 그 누구도 그녀의 말을 믿지 않았다.

술자리에서 하는 말은 하루만 지나도 잊히는 법이니까.

즐거운 시간은 빨리 지나간다.

민정혜가 방을 빠져나가자 분위기는 금방 식었고 얼마 지나지 않아 고홍준과 최현승까지 주섬거리며 자리에서 일어났다.

놈들은 가면서 박강호를 향해 농담하는 것을 잊지 않았다.

"내 꿈 꿔라. 엉뚱한 정혜 씨 꿈 꾸지 말고. 내일 보자."

시간은 금방 흘러 복학 시즌이 다가왔다.

박강호는 복학에 관련된 서류를 모두 접수시킨 후 수강 신청을 하기 위해 동분서주했다.

3학년부터는 본격적으로 전공이 시작된다.

그랬기에 필수과목이 대부분이었지만 학점을 채우기 위해

몇 개의 교양과목도 선택해야 했다.

"통계학이 좋아. 조금만 공부해도 점수를 잘 받을 수 있대."

"야, 뭐하러 그 골치 아픈 통계학을 들어? 우리 간호학개론이나 듣자. 거기 가면 전부 여대생들밖에 없어. 개론이라 학점 따기도 쉽고."

"아하, 생각해 보니 그거 좋네."

박강호의 옆에서 걷던 고홍준과 최현승이 마지막 남은 과목에 대해서 의견을 주고받았다.

놈들의 주장은 학점 따기 쉽고 여자가 많은 과목에 초점이 가 있었다.

하지만 박강호는 놈들의 주장을 뿌리치고 고대철학개론을 원했다.

그러자 고홍준과 최현승이 벌 떼처럼 일어나 반대를 해왔다.

"이 미친놈아. 들을 게 없어서 그걸 들어? 난 절대 못 해."

"나도 마찬가지야. 철학이라니 생각만 해도 머리가 아프다."

"그러지 말고 내 말 들어봐. 우리가 인생에 대해서 진중하게 생각한 적 있어? 통계학이나 간호학개론 같은 건 우리가 앞으로 살아갈 인생에 도움이 안 된다고 생각한다. 하지만 철학은 달라. 분명 우리에게 삶의 지침 같은 걸 알려줄 거야."

말을 끝내고 빤히 처다보자 고홍준과 최현승이 아무 말도 못 하고 박강호를 향해 어이없는 표정을 지었다.

그런 후 동시에 고함을 질렀다.

"싫어, 절대 안 돼!"

3학년의 전공과목은 인적자원관리, 생산관리, 소비자행동론 등 7과목에 달했다.

하나같이 수박 겉핥기로 지나갔던 1, 2학년과는 다르게 머리가 지끈거릴 정도로 복잡한 과목들이었다.

그럼에도 박강호는 교수들의 강의를 한 마디도 빼먹지 않겠다는 듯 무섭게 집중했다.

언제나 그의 자리는 맨 앞에 정해져 있었다.

교수와 근접되어 있어 강의를 잘 듣기 위함이었는데 계속해서 같은 자리에 앉자 후배들은 아예 그 자리를 지정석으로 만들어주었다.

복학하기 전의 공부 패턴은 복학 후부터 자연스럽게 전공과 영어가 반반으로 나누어졌다.

이제 전공이 시작되었으니 영어에만 시간을 할애한다는 것은 무모한 짓이기 때문이었다.

수업이 끝나면 언제나 도서관으로 돌아와 그날 배운 과목들을 복습했고 다음 시간에 배울 것들에 대해서 예습을 거르지 않았다.

거의 6개월이 다 되도록 처음에 세웠던 계획표를 어기지 않기 위해 필사의 노력을 했다.

지지 않겠다는 마음.

처음의 투지를 잃지 않겠다는 마음은 그를 언제나 절박함으로 몰아넣었다.

그러나 시간이 지날수록 힘들었다.

투지는 그대로였으나 마음도 지쳐 갔고 몸도 잘 따라주지 않았다.

새벽에 나오면 어느새 의자에 앉아 졸고 있는 자신을 발견하곤 했다.

최상훈의 충고는 절대 틀리지 않은 것이었다.

페이스를 조절하지 못하면 장기 레이스를 펼칠 수 없다는 충고 말이다.

그랬기에 박강호는 공부를 시작한 지 6개월이 지나면서부터 일요일만큼은 푹 자는 것을 선택했다.

휴식을 하지 않으면 지속적으로 공부를 해도 효율이 오르지 못한다는 것을 뒤늦게 깨달았기 때문이었다.

그리고 좋아하는 취미 생활도 즐겼다.

늦잠을 자고 일어나면 영등포나 용산으로 가서 그가 가장 좋아하는 동시상영 영화를 봤다.

그리고 오후가 되면 도서관으로 향했다.

윤선아는 새롭게 시작된 직장 생활에 적응하느라 한동안 눈코 뜰 새 없이 바빴다.

은행의 전산실은 최근 새로운 시스템을 구축하는 중이라 야근을 밥 먹듯 했다.

그럼에도 윤선아는 직장 생활을 열심히 했다.

태어나서 처음 자신의 힘으로 돈을 벌었고 그 돈을 저축하며 미래를 꿈꾼다는 것은 생각보다 훨씬 보람 있고 즐거운 일이었다.

회사 동료들을 그녀를 매우 좋아했다.

예쁜 외모에 좋은 성격을 가졌고 야근을 하면서도 절대 불평하는 일이 없었으며 일도 빠르게 배워서 선배들은 윤선아를 매우 아꼈다.

물론 그중에는 총각들도 많았기 때문에 사심이 들어 있는 경우도 많았다.

그녀의 대학 친구인 이민영에게서 전화가 온 것은 토요일 오전이었다.

이민영은 무역 회사에 들어갔는데 여전히 연락을 주고받으며 친하게 지내는 사이였다.

"선아야, 오늘 뭐 해?"

"오늘 별일 없어."

"어쩐 일이야? 매일 바빠서 죽겠다더니."

"이제 대충 바쁜 일은 끝난 것 같아. 조만간 다시 생기겠지만."

"잘됐네. 그럼 오랜만에 저녁이나 먹을까?"

"그러자."

"오케이, 그럼 여진이도 부를게. 오랜만에 한번 뭉쳐보자."

윤선아가 잠깐 고민했다가 흔쾌히 대답을 하자 이민영이 함박웃음을 흘려냈다.

전산과 3총사가 모인 지가 보름이나 되었기 때문에 수다를 떨어줄 필요가 있었다.

여자들은 적당히 수다를 떨어줘야 그동안 쌓인 스트레스가 풀린다.

이민영이 정한 '하바나'는 종로에 있는 제법 괜찮은 레스토랑이었다.

3총사는 매월 모임 회비를 떼기 때문에 학생 시절처럼 허름한 곳에서 만나지 않았다.

물론 그 이면에는 전부 회사에 다니면서 돈을 번다는 이유도 있지만 여자들만의 허영심도 조금은 담겨 있는 것도 사실이다.

그녀들의 집안은 대체적으로 괜찮았기 때문에 나이가 차면서 좋은 곳에서 식사하는 걸 즐겨 했다.

'하바나'에 들어서자 예쁘게 단장된 실내 외관이 눈으로 들어왔다.

저녁 시간이라 그런지 꽤 많은 사람이 앉아서 식사를 하고 있었는데 그럼에도 실내는 꽤 조용한 편이었다.

예약자를 물어 오는 지배인에게 이민영의 이름을 말해주자 웨이터가 친절하게 자리까지 안내해 줬다.

역시 이민영답다.

'하바나'는 5층 건물이었는데 이민영이 예약한 곳은 창가라서 차량의 통행과 건물들의 화려한 네온사인이 한눈에 들어오는 자리였다.

자리에 앉아 턱을 괴고 눈으로 들어오는 서울의 밤거리를 바라보았다.

예쁘다. 그리고 황홀했다.

이런 감정, 이런 느낌을 가져본 것이 정말 오래된 것 같다.

회사에 입사해서 정신없이 살다 보니 많은 것들을 잃어버리고 산 것 같아 가볍게 이맛살이 찡그려졌다.

"선아야, 잘 있었어?"

눈을 돌리자 이민영과 서여진이 한꺼번에 들어오며 인사를 해왔다.

둘은 졸업을 한 후에 더욱 세련되고 예뻐지는 것 같았다.

"어떻게 둘이 같이 와?"

"요 앞에서 만났어. 오래 기다렸니?"

"아냐, 나도 방금 왔어."

"어련하겠어, 깍쟁이가. 우리 뭐 시키자. 너희들 뭐 먹을래?"

어느새 성원이 된 것을 확인한 웨이터가 포근한 미소를 지은 채 다가와 메뉴판을 내밀자 이민영이 주최자답게 너스레를 떨었다.

하지만 그것은 그냥 물어본 것이나 다름없는 것이었다.

셋 다 식성이 비슷해서 만나면 언제나 함박스테이크를 먹었기 때문이었다.

"와인도 한 병 줘요."

메뉴를 정한 이민영이 웨이터를 돌려보내려 하자 서여진이 불쑥 나서며 술을 주문했다.

하긴 그것도 정해진 것이다.

단지 이민영이 까먹은 것을 서여진이 보충만 했을 뿐이다.

그녀들은 술을 잘 마시는 건 아니었지만 만날 때마다 와인을 한 병씩은 나눠 마셨다.

여자들의 수다는 어찌 보면 정해져 있는 주제를 가지고 토론하는 식이다.

옷과 액세서리에서부터 시작해서 자신에게 관심을 보이는 남자까지 주제도 다양하다.

그녀들은 식사를 하면서 연신 웃음꽃을 피웠다.

단지 보름 만에 만났을 뿐인데 그녀들은 수많은 주제를 꺼내 들며 대화를 멈추지 않았다.

서여진이 망설이듯 입을 연 것은 이민영이 자신에게 관심을 보이고 있는 직장 선배에 대해서 자랑하듯 이야기를 마쳤을 때였다.

"선아야, 혹시 강호 얘기 들었니?"

갑자기 박강호의 이야기가 튀어나오자 이민영의 이야기를 들으며 얼굴에서 웃음을 지우지 못했던 윤선아의 얼굴이 순식간에 변했다.

박강호.

얼마나 그리워했던 이름이었던가.

그를 생각할 때마다 설레었던 가슴이, 그리고 마음이 박강호란 이름을 듣게 되는 순간 고요했던 가슴을 요동치게 만들었다.

3년이란 시간 동안 그를 잊기 위해 필사의 노력을 다했다.

그러다 보니 차츰 시간이 지나자 그를 잊어갔다.

시간은 아픈 기억도, 그리움도 잊게 만드는 마법을 지녔으니까.

하지만 단순히 박강호의 이름이 튀어나왔을 뿐인데 자신도 모르게 머리가 하얗게 변하며 눈이 부릅떠졌다.

왜일까?

아직도 그를 잊지 못했단 말인가…….

"강호, 뭐 하고 있어?"

"복학했대. 현승이가 그러더라."

그렇구나, 시간이 벌써 그렇게 지났구나.

서여진은 말을 하면서도 윤선아의 눈치를 봤다.

박강호와 헤어지며 워낙 많은 아픔으로 한동안 식음을 전폐했던 윤선아의 과거를 알기에 그녀는 불쑥 말해놓고도 후회하는 기색을 보였다.

하지만 윤선아는 그녀가 말을 끊지 못하도록 연속해서 질문을 던졌다.

"여전히 힘들게 사는 거니?"

"아냐, 무섭게 공부하고 있대. 요즘은 일도 안 하나 봐."

"걔는 가난해서 일을 해야 될 텐데 공부를 한다고?"

"그것까지는 모르겠어. 어쨌든 새벽부터 자정까지 공부만 한다고 들었어. 공부에 미쳤다고 해."

"도서관에서?"

"응."

일요일.

윤선아는 아침 일찍 집을 나와 천천히 걸음을 옮겼다.

어젯밤, 불면으로 밤을 보내며 오랜 고민을 했다.

박강호의 소식을 들으며 느꼈던 그 애절함과 그리움을 어떻게 해석해야 할지 갈피를 잡지 못했다.

그와 헤어지던 그 순간.

수많은 슬픔과 고통을 느꼈음에도 박강호를 원망하지 않았다.

그의 눈에서 전해져 오던 그 아픔이 결코 자신보다 얕지 않다는 것을 가슴 깊이 느꼈고 그녀를 사랑하는 박강호의 마음을 그의 눈물에서 알 수 있었다.

그는 모르겠지만 그녀는 숨어서 창가에 앉아 하염없이 울고 있는 박강호의 모습을 봤다.

슬픔을 터뜨리지 못하고 남들이 볼까 봐 소리 죽여 우는 그의 모습은 너무나 불쌍해 보이는 것이었다.

그 모습에 또다시 억장이 무너졌으나 커피숍으로 들어가 그를 안아주지 못했다.

왜 헤어지려는지 알기에 그럴 수가 없었다.

그때 다시 들어갔다면 박강호는 눈물을 숨기기 위해 그녀를 뿌리치고 달려 나갔을지도 모른다.

아무것도 가진 것이 없는 남자,

자신의 행복을 위해 사랑했음에도 헤어지겠다고 결심한 사람.

같은 나이였음에도 그는 그녀보다 훨씬 성숙했고 세상을 살아가는 자세가 남달랐다.

어디를 가겠다고 정한 것은 아니었다.

하지만 그녀는 안다.

자신의 발길이 어디로 향할지를……

억지로 막지 않았다. 아니, 막는다고 해서 멈춰질 걸음이었다면 처음부터 집을 나서지도 않았을 것이다.

버스를 타고 학교로 향하는 길이 너무나 낯설게 느껴졌다.

4년 동안을 다녔던 길이었음에도 사람은 새로운 환경에 적응하면 금방 망각 속으로 빠져드는 모양이다.

버스에서 내려 좁은 골목길을 걸어 내려갔다.

한 정거장을 더 가면 큰길이 나오지만 학교와의 거리가 더 멀기 때문에 대학에 다닐 때 항상 이용했던 길이었다.

정겨운 모습.

막상 오랫동안 봐왔던 모습들이 눈으로 들어오자 예전 꿈

많던 여대생으로 돌아간 듯 가슴이 설레었다.

십여 분을 걸어 학교로 들어서자 그런 감정들은 훨씬 더 강하게 느껴졌다.

이 길을 걸으며 즐거워했던 수많은 나날.

불과 8개월이 지났을 뿐인데도 마치 오래된 추억처럼 가슴이 들썩거렸다.

그리고 박강호.

사랑하는 사람과 팔짱을 낀 채 걷던 추억의 길은 마치 그 때로 되돌린 듯 그녀의 정신을 몽롱하게 만들었다.

숨을 마음껏 들이켰다.

그 행복했던 시절이, 그때의 감정과 사랑이 도망가지 않도록.

학교는 일요일이라 그런지 사람이 많지 않았다.

가끔씩 사람들이 지나갈 때마다 그녀의 시선은 그들을 따라갔다.

무얼 찾기 위함이 아니라 막연한 기대감이 그녀를 그렇게 만들었다.

혹시라도 그 속에서 박강호가 거짓말처럼 나타날지도 모른다는 생각은 윤선아의 눈을 잠시도 그냥 두지 않았다.

정문에서 도서관은 멀지 않았지만 깎아지른 것처럼 형성된 계단이 100m 정도 펼쳐져 있었기 때문에 쉬지 않고 오르자 숨이 차올랐다.

잠시 멈춰 천천히 벤치에 앉아 숨을 골랐다.

그런 후 눈을 돌려 도서관의 열람실을 바라보았다.

저기 있다고 했다.

학창 시절 그토록 사랑했던 사람이.

그러나 한번 벤치에 앉자 쉽게 일어서지 못했다.

그동안 숨겨놓았던 걱정과 염려가 한꺼번에 피어올랐기 때
문이었다.

날 보면 반가워할까?

막상 만나게 되면 무슨 이야기를 하지?

그래, 그가 물으면 서클에 일이 있어서 왔었다고 하자.

별별 생각이 다 떠올랐다가 사라져 갔다.

하지만 그녀가 일어서지 못한 가장 큰 이유는 박강호가
그녀를 처음 보는 타인처럼 대할지도 모른다는 두려움이었
다.

무심한 눈으로 바라보다가 그냥 스쳐 지나갈지도 모른다는
생각을 하자 몸이 와들와들 떨려왔다.

두렵다, 그리고 그런 상황이 벌어졌을 때 느껴야 할 고통이
무서웠다.

30십여 분을 망설이던 윤선아가 자리에서 일어난 것은 수없
이 많은 결심과 의지를 키운 후였다.

두려웠지만 그렇다고 피한다는 것은 더 큰 두려움을 줄 거란 판단을 내렸다.

그랬기에 그녀는 천천히 걸음을 옮겨 도서관으로 들어섰다.

일요일인데도 열람실은 수많은 학생이 공부에 전념하고 있었다.

요즘 몇몇 인기 학과를 제외하고는 취직이 최악이라더니 학생들의 열기로 열람실이 뜨거웠다.

그녀는 조심스럽게 들어가 천천히 박강호를 찾았다.

가슴은 정신없이 뛰어 그녀의 심장 소리가 열람실의 정숙함을 깰까 봐 걱정될 정도였다.

그럼에도 그녀는 한 칸씩 움직이며 눈을 좌우로 돌렸다.

10개의 열람실을 모두 찾아봤으나 박강호의 모습은 보이지 않았다.

자신도 모르게 긴장감이 풀리며 한숨이 새어 나왔다.

잠깐 자리를 뜬 걸까?

아니면, 내가 제대로 찾지 못한 걸까?

박강호는 늦잠을 잔 후 매식집으로 가서 아침을 먹고 용산으로 향했다.

저번 주는 노량진에 갔었기 때문에 이번 주 일요일에는 용산을 택했다.

버스에서 내려 영화관이 몰려 있는 곳으로 향하자 오랫동안 보고 싶었던 '영웅본색'이 상영되고 있었다.

두 편짜리 영화는 아니었지만 보고 싶었던 영화였기 때문에 박강호는 조금의 망설임도 없이 표를 끊었다.

영화가 시작되고 그는 곧 스크린 속으로 빨려들어 갔다.

상상조차 할 수 없었던 충격.

어떻게 시간이 흘러갔는지 몰랐다.

남자의 의리를 그대로 보여주는 영화 내용에 박강호는 화면이 정지하고도 한참 동안 자리에서 일어나지 못했다.

물론 현실과는 동떨어진 장면들의 연속이었지만 영화가 가지고 있는 주제 하나만으로도 그는 많은 것을 느낄 수 있었다.

사내가 살아가야 하는 길.

남자로 태어나 죽음 속에서도 당당할 수 있다면 삶의 가치는 충분하다는 영화의 줄거리는 박강호의 가슴에 또 하나의 삶의 지표를 심어주었다.

만족스러웠다.

오랜만에 영화를 보면서 가슴이 뜨거워지는 걸 느꼈으니 돈이 전혀 아깝지 않았다.

영화관에서 나와 천천히 걸어 버스 정류장으로 가다가 길가에 있는 중국집으로 들어갔다.

시간은 벌써 12시가 훌쩍 넘었기 때문에 점심을 먹고 들어가는 게 좋을 것 같았다.

짜장면은 그가 어렸을 때부터 가장 좋아하는 음식이었다.

돈이 없어 가뭄에 콩 나듯 한 번씩 먹었지만 짜장면을 먹고 나면 세상을 다 가진 것처럼 행복하곤 했다.

큰형이 결혼하기 전 양가 가족이 상면하는 자리에서 그는 짜장면을 세 그릇이나 먹었다.

체면 때문에 제대로 음식을 먹지 못했던 형수의 것과 어머니 것까지 모두 먹어치웠던 것이다.

그가 13살 때의 일이었다.

사돈어른들께서는 잘 먹는다고 칭찬해 줬지만 지금에서 생각하면 얼마나 철없는 짓이었는지 부끄럽기만 하다.

짜장면 곱빼기를 단숨에 처리한 후 버스를 타고 학교로 돌아왔다.

두 편짜리 영화를 봤다면 시간이 더 걸렸겠지만 오늘은 다른 일요일과 다르게 일찍 돌아올 수 있었다.

천천히 캠퍼스를 걸어 도서관에 들어섰다.

이제 도서관은 집처럼 편안했고 열람실에 앉으면 마음이 차분하게 가라앉았다.

자리에 앉아 고대 그리스 신화에 나오는 프로메테우스의

그림을 보았다.

고대철학개론을 들으면서 프로메테우스에 대한 신화를 배웠다.

인간을 위해 불을 훔쳤다가 제우스의 노여움을 받아 코카서스의 바위에 묶여 밤새도록 독수리에게 간을 쪼여 먹혔다는 신.

박강호의 책상에 붙여진 것은 프로메테우스가 독수리에게 간을 쪼이며 고통스러워하는 모습이었다.

인간을 만들었고 인간을 위해 자신을 희생했던 프로메테우스의 정신을 배우고 싶었다.

최선을 다한 삶이라도 누군가를 배려하는 정신이 없다면 삶은 척박함으로 가득 채워질 거라 생각했다.

그랬기에 그런 마음을 가슴속에 품으려 했다.

"강호야, 빅뉴스다."

"뭔데?"

"저번에 현승이가 정혜 씨한테 미팅시켜 달라고 부탁한 거 있잖냐. 그게 성사됐단다."

"환장하겠네."

박강호가 기가 막힌다는 표정을 짓자 최상훈이 그의 어깨를 소리 나게 두들겼다.

월요일이 되자마자 점심시간에 찾아온 최상훈은 전혀 생각지도 않은 말을 꺼내서 그를 황당하게 만들었다.

놈은 일요일에 집에서 쉬면서 민정혜를 만났는데 술 마시며 장난하듯 한 약속을 지키겠다며 그녀가 날짜를 정하자고 했단다.

"인마, 뭘 환장해. 어차피 너 일요일은 쉬잖아. 그러니까 그때 하면 돼."

"싫어. 안 하련다."

"안 하긴 뭘 안 해. 이미 약속 다 해놨는데. 네가 안 간다면 홍준이하고 현승이가 죽으려고 할 거다."

"상훈아. 네가 봤을 때 내가 여자 사귈 형편이 된다고 생각하냐?"

"누가 사귀래? 그냥 나가서 하루 스트레스 풀고 오라는 거지."

"안 하면 안 되겠냐. 난 내키지 않는다."

"까불지 마. E대 무용학과다. 정혜 씨가 베스트로 뽑아 온다고 해서 애들 두 눈이 시뻘게진 상태야. 이번에 안 가면 진짜 널 죽일지도 몰라."

"미치겠네."

"가서 하루 신나게 놀고 오자. 그러면 그동안 공부하면서 쌓인 스트레스 화끈하게 풀 수 있을 거야. 오케이?"

"알았다. 알았으니까 밥이나 먹으러 가자."

박강호는 어쩔 수 없다는 듯 눈을 부릅뜨는 최상훈을 향해 고개를 끄덕였다.

내키지 않는다는 말은 반쯤 거짓말이었다.

아직 젊다. 그리고 피가 뜨겁다.

굳은 의지로 공부에 매진하고 있지만 가끔가다 쉬고 싶다는 생각도 불쑥불쑥 든다.

일요일에 쉬기 시작한 것도 그런 이유 때문이었다.

그랬기에 최상훈의 제안을 받아들였다.

여자들과 만나 어쩌려는 것이 아니라 하루쯤 그저 있는 그대로 젊음을 즐길 수 있다는 강렬한 유혹은 친구들의 협박이라는 핑곗거리를 만들어 그의 고개를 끄덕거리게 만들었다.

도저히 혼자 힘으로는 영어 실력을 만족스럽게 끌어 올릴 수 없었다.

아무리 노력해도 기초가 부족한 상태에서는 실력이 오르지 않았고 고급 문법으로 들어가면 혼자서 풀 수 없는 것들이 많았다.

그랬기에 도서관귀신이 된 후배와 함께 종로학원에 등록했다.

김주성은 학번이 하나 늦었지만 방위를 받고 와서 박강호와 같은 학번이었다.

어눌한 언변과 허술한 옷차림.

전형적인 촌놈임이 분명했다. 자신처럼 도서관에서 미친 듯 공부하는 것도 그런 배경이 있었을 것이다.

시간대는 새벽반으로 잡았다.

어차피 도서관에 나와야 되었고 새벽에는 차가 막히지 않았기 때문에 가장 좋은 시간대라 생각했다.

역시 실력을 늘리기 위해서는 돈을 들여야 하는 모양이다.

꽤 비싼 수강료를 냈지만 두꺼운 안경을 낀 강사는 핵심을 찌르는 강의로 박강호의 어려움을 하나씩 풀어주었으니 말이다.

시간은 금방 흘러 다시 일요일이 왔다.

고홍준과 최현승은 도서관에 둥지를 틀었지만 틈만 나면 자리를 떴고 주말에도 나오지 않는 경우가 많았다.

그러나 이번 일요일은 두 놈이 약속이나 한 것처럼 멋지게 차려입고 나왔는데 무척 들뜬 얼굴들이었다.

피식!

놈들의 얼굴을 보자 박강호는 자신도 모르게 웃음을 흘려냈다.

오늘은 바로 민정혜와 약속한 미팅 날이다.

자신 역시 늦잠을 자고 나오면서 세면을 예쁘게 하고 가지고 있는 옷 중에 가장 스마트한 것으로 입고 나왔던 것이다.

가벼운 흥분.

이런 기분을 느낀 적이 언제인가 기억도 나지 않는다.

첫 미팅 때의 기억이 새삼스럽게 생각났다.

돈이 없어 도망치듯 그녀를 뒤로하고 달려 나왔던 어린 시절의 아픔.

지금도 그때와 다르게 부자가 된 것은 아니었으나 은행에 꽤 많은 돈이 남아 있으니 도망가는 일은 없을 것이다.

"강호야, 가자."

"벌써? 미팅은 3시라며?"

"인마, 우리가 언제 신촌을 가본 적이 있냐. 이럴 때 먼저 가서 한번 주욱 둘러봐야 될 거 아냐."

"까불지 말고 앉아서 공부나 해. 괜히 들떠서 그러지 말고."

"일어나라. 안 그러면 소리친다."

고홍준은 막무가내였다.

놈의 성격상 일어나지 않으면 조용한 열람실에서 정말 소리를 칠지도 모른다.

그럼에도 버티고 싶었지만 이번에는 최현승이 박강호의 어깨를 끌어 올렸다.

두 놈은 조금이라도 빨리 열람실을 벗어나고 싶은 모양이었다.

할 수 없이 놈들의 뒤를 따라 바깥으로 나오자 최상훈이 빙글거리며 커피 잔을 돌리고 있는 것이 보였다.

머리 좋은 놈.

놈은 고홍준과 최현승에게 악역을 시켜놓고 여유 있게 커피를 마시고 있었던 것 같았다.

버스를 타고 신촌으로 향했다.

신촌은 처음이다.

우리나라 최고의 사립대가 있는 신촌은 여러 개의 대학교가 한꺼번에 몰려 있어 대학가로 유명했지만 박강호는 한 번도 가본 적이 없었다.

일요일인데도 신촌은 사람들로 넘쳐났다.

흑석동과는 비교조차 할 수 없는 숫자였는데 그들 모두가 대부분 젊은이들이었다.

거리의 규모도 상대가 되지 않았다.

2차선이 겨우 뚫려 있는 학교 근처와는 다르게 Y대와 E대를 연결하는 중심 도로는 무척 넓었고 거기에서 빠져나와 중심가로 들어서자 눈이 팽팽 돌 정도로 높은 건물들이 쭉쭉 뻗어 올라가 있었다.

시계를 보자 1시가 조금 넘었기에 박강호와 친구들은 분식

집에 들어가 점심을 먹었다.

라면과 순대, 그리고 튀김과 김밥.

청춘들의 선택은 언제나 그 나물에 그 밥이다.

점심을 먹고 났는데도 약속 시간은 한참이나 남았기에 Y대를 구경했다.

넓은 교정.

대충 봐도 자신들의 학교보다 배는 커 보였다.

더군다나 교정을 걷는 학생들의 얼굴에는 남자든 여자든 얼굴 가득 자신감이 넘쳐흐르고 있었다.

"왠지 부자 동네 같다."

"쟤들 보고 하는 소리냐?"

"그래, 옷 입고 다니는 때깔이 다르잖아."

"뭐가 다르다고 그래. 내가 봤을 때 우리와 비슷하구만."

박강호의 말에 최현승이 자신의 옷을 슬쩍 본 후 말도 안 된다는 표정을 지었다.

그 모습에 박강호가 쓴웃음을 흘렸다.

그래, 그랬을 수도 있다.

자신보다 좋은 학교에 다니는 학생들을 보면서 어쩌면 자격지심을 가졌는지도 모른다.

좋은 학교라고 자신처럼 가난한 놈들이 들어오지 않을 리는 없으니 분명 선입감이 작용한 게 분명하다.

천천히 걸어 Y대를 한 바퀴 돌고 나자 시간이 많이 흘렀다.

이대로 약속 장소까지 걸어가면 거의 시간이 맞을 것 같았다.

약속 장소는 Y대에서 15분 정도 떨어진 거리에 있었는데 대학생들이 가장 많이 모이는 곳이었다.

'피앙새를 만나는 벤치.'

커피숍의 이름이 무척이나 낭만스러웠다.

누가 지었는지 남자든 여자든 연인들이 약속을 잡는다면 무조건 선택할 만한 이름이었다.

커피숍의 문을 열고 들어서자 입이 떡억 벌어졌다.

이건 넓다는 표현을 넘어서 마치 광장처럼 보일 지경이었다.

대충 봐도 홀만 백 평은 넘어 보였는데 그럼에도 좋은 자리에는 수많은 연인들이 자리를 꽉 채워놓고 있었다.

"자리 없는 거 아니냐?"

"촌놈아, 정혜 씨가 이미 예약해 놨단다. 가보자."

최상훈이 마치 저는 촌놈이 아닌 것처럼 박강호를 향해 타박을 주었다.

그런 후 카운터 쪽으로 다가가 뭐라 말을 하자 웨이터가 그들을 중앙 건너 한쪽에 칸막이가 쳐진 자리로 안내해 주었다.

자리에 앉자 칸막이로 인해 바깥이 안 보이는 구조.

미팅을 하기에는 정말 최적의 장소였다.

아마, 커피숍은 대학가란 걸 의식해서 이런 자리를 여러 개 마련해 놓고 있는 것 같았다.

웨이터가 놓고 간 물을 마시며 박강호는 장식되어 있는 그림과 장식품들을 둘러보았다.

고급스러움이 묻어나는 그림들과 하얀 벽과 조화를 이루는 장식품을 봤을 때 이곳 주인은 미술에 조예가 깊은 사람이라는 생각이 들었다.

그토록 떠들던 놈들이 자리에 앉자 점점 말수가 줄어들었다.

약속 시간이 다가오자 긴장이 되는 모양이었다.

민정혜를 비롯한 여자들이 칸막이를 걷고 들어선 것은 약속된 3시보다 5분이 늦었을 때였다.

여자들이 늦은 게 당연하다고 여겨지는 시절이었으니 친구들은 그녀들을 탓하는 대신 상태를 확인하느라 정신이 없었다.

여자들이 들어서자 방 안이 환해지는 것 같았다.

민정혜만 해도 상당히 매력적이었는데 그녀의 친구들도 절대 뒤떨어지지 않는 외모를 가지고 있었다.

E대 무용과에서 고르고 고른 에이스들만 데리고 나오겠다는 약속을 민정혜는 확실히 지켰다.

주관자는 민정혜와 최상훈으로 정해져 있었기 때문에 그들로 인해 참여한 사람들이 소개되었다.

상투적인 수법.

한 사람씩 소개될 때마다 가볍게 고개를 숙이며 자신의 이름을 말했다.

떨리는 것은 남자들뿐만이 아니었던지 여자들도 살짝 얼굴에 긴장감이 담겨 있었다.

서로 간의 소개가 끝나고 주문한 음료가 나온 후 그들은 학교 이야기로 시작해서 과의 특성과 요즘 유행하는 유머까지 곁들이며 대화를 했다.

처음에는 어색함이 감돌았지만 분위기는 금방 유쾌하게 변했다.

거기에는 민정혜의 역할이 컸다.

민정혜는 이미 남자들을 한번 봤고 술을 마시며 이야기를 해본 전력이 있었기 때문에 적절한 타이밍에 여자들의 긴장감을 풀어주었다.

여자들은 각각의 특색이 있었다.

황영은과 김미수는 동양적 외모를 가졌고 말투도 차분한 반면 민정혜와 서연우는 서구적인 마스크에 성격도 활발했다.

자리가 점점 무르익고 서로 간에 격의 없이 이야기를 나누던 것이 마침내 절정에 이르게 된 것은 서연우가 낸 수수께끼로 인해서였다.

서연우는 남자들과 여자들이 격의 없이 이야기를 나누게 되자 작정을 하고 나선 것 같았다.

"내가 수수께끼를 낼 테니까 맞혀보실래요?"

"좋습니다. 수수께끼는 내 전공입니다."

고홍준이 맞장구를 쳐 주며 나서자 서연우가 묘한 미소를 지었다.

그런 후 그녀는 고홍준에게 가 있던 눈을 다른 남자들에게 돌리며 자신 있는 목소리로 약속을 내걸었다.

"맞히면 내가 이곳에서 마신 거 계산할게요. 대신 못 맞히면 남자분들이 계산하세요. 괜찮아요?"

"그러죠. 궁금하니까 빨리 내보세요."

"한 가지 조건이 있어요. 대답을 할 때는 여기 있는 모든 사람들이 들을 수 있을 정도로 크게 말해야 돼요. 저기 홀에 있는 사람들이 들을 수 있을 정도로. 알겠죠?"

"꼭 그래야 됩니까?"

"예, 그래야 해요. 안 그러면 지는 것으로 할 거예요."

"그러죠. 뭐. 큰 소리 친다고 내쫓기지는 않을 테죠."

"자, 그럼 낼게요. 영희네 집에는 자매가 일곱 명이 있었어요. 큰언니는 빨지, 둘째는 주지, 셋째는 노지, 넷째는 초지.
다섯째는 파지. 여섯째는 남지. 마지막 막내 이름은 뭘까요?"

『멋진 인생』 3권에 계속…

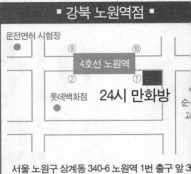

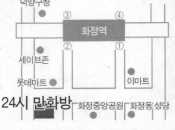
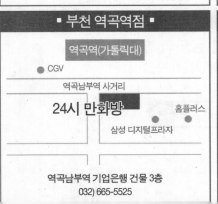
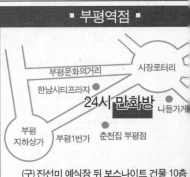

MAJOR LEAGUER

메이저리거

FUSION FANTASTIC STORY
강성곤 장편 소설

꿈꾸는 자에게 불가능은 없다!

『메이저리거』

불의의 사고로 접어야만 했던 야구 선수의 꿈.
모든 걸 포기한 채 평범한 삶을 살던
민우에게 일어난 기적!

"갑자기 이게 무슨 일이지?"

그의 눈앞에 나타난 의미 모를 기호와 수치들.
그리고 눈에 띈 한 단어.
'타자(Batter)'

특별한 능력을 얻게 된 민우의
메이저리그 진출기가 시작된다!

Book Publishing CHUNGEORAM

유행이 아닌 자유추구 -
WWW.chungeoram.com

paráclito

빠라끌리또

FUSION FANTASTIC STORY

가프 장편 소설

막장 비리 검사가
최고의 검사로 거듭나기까지!
그에겐 비밀스러운 친구가 있었다.

『빠라끌리또』

운명의 동반자가 된 '빠라끌리또'가 던진 한마디.

-밍글라바(안녕하세요)!

그 한마디는 막장 비리 검사, 송승우의
모든 것을 통째로 리뉴얼시켜 버렸다.

빠라끌리또=Helper, 협력자, 성령.

Book Publishing CHUNGEORAM

유행이 아닌 자유추구-
WWW.chungeoram.com

이계진입 리로디드

임경배 퓨전 판타지 소설

FUSION FANTASTIC STORY

Book Publishing CHUNGEORAM

유행이 아닌 자유추구 -
WWW.chungeoram.com

만상조 新무협 판타지 소설

FANTASTIC ORIENTAL HEROES

광풍
제월

천하제일이란 이름은 불변(不變)하지 않는다!

『광풍제월』

시천마(始天魔) 혁무원(赫撫源)에 의한 천마일통(天魔一統)!
그의 무시무시한 무공 앞에 구대문파는 멸문했고,
무림은 일통되었다.

"그는 너무나도 강했지.
그래서 우리는 패배했고, 이곳에 갇혔다."

천하제일이란 그림자에 가려져 있던 수많은 이인자들.

"만약……."
"이인자들의 무공을 한데로 모은다면 어떨까?"
"시천마, 그놈을 엿 먹일 수도 있을 거야."

이들의 뜻을 이어받은 소년, 소하.
그의 무림 진출기가 시작된다.

Book Publishing CHUNGEORAM

유행이 아닌 자유추구 -
WWW.chungeoram.com

검자 新무협 판타지 소설

FANTASTIC ORIENTAL HEROES

목탁

해적으로 바다를 누비던 청년,
절해고도에 표류해… 절대고수를 만나다!

"목탁은 중생을 구제하는
좋은 이름일세."

더 이상 조무래기 해적은 없다!
거칠지만 다정하고, 가슴속 뜨거운 것을 품은

목탁의 호호탕탕 강호행에
무림이 요동친다!

Book Publishing CHUNGEORAM

유행이 아닌 자유추구 −
WWW.chungeoram.com

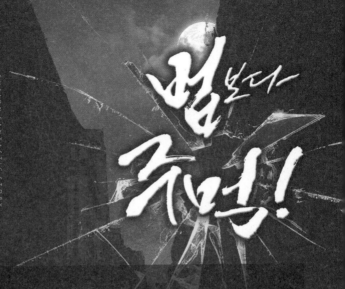

사략함대 장편소설

FUSION FANTASTIC STORY

2016년 대한민국을 뒤흔들 거대한 폭풍이 온다!

『법보다 주먹!』

깡으로, 악으로 밤의 세계를 살아가던 박동철.
그는 어느 날 싱크홀에 빠진다.

정신을 차린 박동철의 시야에 들어온 건 고등학교 교실.
그리고 그에게 걸려온 의문의 ARS는 그를 새로운 인생으로 이끄는데……

빈익빈 부익부가 팽배한 세상, 썩어버린 세상을 타파하라!

법이 안 된다면 주먹으로!
대한민국을 뒤바꿀 검사 박동철의 전설이 시작된다!

Book Publishing CHUNGEORAM

유행이 아닌 자유추구 -
WWW.chungeoram.com